5
現実でラブコメできないとだれが決めた？
初鹿野 創
イラスト＝椎名くろ
SO HAJIKANO
PRESENTS
ILLUST＝Kuro Shina
Who decided

「そもそも、上野原ちゃんはさ――
耕平君といるのが楽しいから、
一緒にいるんだよね？」

「その……アイツがアタシのこと、
すげーやつだって認めてくれたから……
アタシも、ちょっとは敬った方がいいかなー、って」

「よっす長坂、久しぶりー」
「えっと……その、どちらさまで？」

「あたしだよ、あたし。
同中の春日居。
春日居穂乃果」
中学時代の同級生
春日居《かすがい》穂乃果《ほのか》

「ほんとありえない……っ！」

romantic comedy in reality?

Who decided that I can't do

CONTENTS

目次

C H A R A C T E R S

長坂耕平
[ながさか こうへい]
ラブコメに全てを捧げた主人公。
現実でラブコメを実現しようとしている。

上野原彩乃
[うえのはら あやの]
耕平の"幼馴染"で"共犯者"。
無表情で理屈屋なイマドキＪＫ。

清里芽衣
[きよさと めい]
耕平の"メインヒロイン"。
二次元キャラのようなスペックの美少女。

勝沼あゆみ
[かつぬま あゆみ]
耕平の"攻略できないヒロイン"で
"ポンコツ後輩キャラ"。
グループでは
マスコットキャラ的ポジション。

日野春幸
[ひのはる さち]
耕平の"先輩ヒロイン"。
元生徒会役員で
現"第二生徒会"の会長。

常葉英治
[ときわ えいじ]
明るいスポーツマン。
バスケ部所属。

鳥沢翔
[とりさわ かける]
クールなバンドマン。
軽音楽部所属。

Who decided that I can't do romantic comedy in reality?

現実でラブコメできないとだれが決めた？ 5

SO HAJIKANO PRESENTS
ILLUST.=Kuro Shina

初鹿野 創
イラスト＝椎名くろ

プロローグ

“主人公”ではない長坂耕平

Who decided that I can't do romantic comedy in reality?

高校生活、最初の夏休みが始まった。

窓越しにくぐもって聞こえる蝉の声は、こちらの気分なんてお構いなしに夏を伝えてくる。

遠くには、聳《そび》え立つ青々とした山並みと抜けるように澄み渡った青空。それもどこか別の世界のように霞んで見えた。

今年はうだるような酷暑だそうだが、ほとんど家から出ていない俺にその実感はない。むしろ直《じか》に冷風を吹き付けてくるエアコンのせいで寒いくらいだ。

「はぁ……」

ごろん、とベッドの上で寝返りを打つ。

それから壁に立てかけるように置いてあるスマホを手に取って、先ほどまでぼーっと眺めていた動画を消した。

関連動画巡りもそろそろ飽きてきたな……次はVtuberのゲーム実況でも見ようかな……そういやデイリー消化まだだっけ……。

なんとなしにソシャゲのアイコンをタップする。だがロードを待っているうちになんとなくそういう気分じゃなくなってきて、タイトル画面が表示される前にアプリを閉じた。

そのままウロウロと、Tbitter《ツビッター》のタイムラインを追ってみたり、漫画アプリを開いてみたり。

でも結局どれも違う気がして、ホーム画面に戻してもう一度ため息を吐《つ》く。

なんか……マジでやることないな……。

夏休みが始まって、まだ2日しか経っていない。ずっとこんな感じにだらだらしていたせいか、時間が過ぎるのが恐ろしく長く感じた。

睡眠時間もたっぷり9時間、プラス昼寝付き。寝過ぎで頭が痛くなるとかいう珍しい症状にも見舞われた。逆に睡眠不足で頭が痛いってケースは、ちょくちょくあったけど。

……と、そんなことをぼんやり考えていると、不意にスマホの画面が切り替わる。知らぬ間に、指がどこかのアイコンに触ってたみたいだ。

現在、画面に表示されているのは――〝友達ノート〟

「――!」

俺はハッと我に返り、すぐさま画面を消した。

だが時既に遅しで、俺の脳は連鎖的に、夏休み前の出来事を思い出してしまう。

――生徒会選挙は、そのイレギュラーな結末により、再選挙となった。

学校側が選挙結果に介入するのはいかがなものかという意見もあったようだが……そもそも無効票の規定がない制度の方が問題ということになり、やり直しする方に倒れたらしい。

　だが、元々学校行事のスケジュールはキツキツで、夏休みは目前。再び立候補者を募ったり演説会をやり直したりする余裕はどこにもない。結局、無効票の規定を追加しただけで候補者はそのまま、終業式後に実施とかいう強行スケジュールで再選挙が行われた。

　そして、学校側の「これ以上面倒なことにはするな」という無言の圧力と「もうなんでもいいから夏休みに入らせろ」という生徒たちの思惑が一致したらしく、信任票は過半数を大きく上回り、塩崎《しおざき》先輩は次代の生徒会長に任命されたのだった。

　なんやかや、最後には落ち着くべきところに落ち着いたわけだが……一部の先生から「公約が過激すぎたのがいけない」と苦言があったとかで、当初の予定通り生徒会運営ができるかは不透明な状況らしい。

　いずれも漏れ聞いたレベルの噂話《うわさ》で、確証はない。それ以上の詳しい情報もない。い、いいや、何も調べていないから、わからなかった。

『選挙はね、きっと大丈夫。最終的には、みんな信任の方に流されるよ。それが〝普通の人〟たちにとって、一番面倒のない結末だろうから』

　あの日、屋上からの去り際。

　清里《きよさと》さんが漏らした言葉が蘇《よみがえ》り、思わず身震いする。

『あとは〝普通〟じゃない人たちが、諦めればいいだけ。妥協すればいいだけ。そうすれば最後には「まぁ悪くはなかったよね」って、みんなで笑えるはず』

きっと――彼女は。

あの時点で、選挙の行く末まで含めて、全て予想していたんだろう。

俺が掻《か》き集めた情報《データ》じゃ到底予測できないところまで、見通していたんだろう。

……いや、彼女の言葉を借りるなら。

〝普通の人〟がどう動くか、ってこと。

それを経験から、知っていいたのだ。

「……くそ」

もう何度となく反芻《はんすう》した、清里さんの語った過去。

それらの示す結論が、ざくざくと胸に突き刺さり、俺は縮こまるように体を丸めた。

清里さんは、かつてその理想――『〝みんな〟を笑顔にする』ために、自分にできることを全力でやり抜いて、そして失敗した。

自分を顧みず、ただ〝みんな〟のために動いてきたにもかかわらず、失敗した。

よりにもよって、その〝みんな〟に、否定される形で。

思い返せば、俺が中学の時も。

まるで意識していなかった〝みんな〟によって、破綻《はたん》することになった。

あの時、俺は途中で諦めて逃げてしまったから、失敗したんだとばかり思っていた。だって逃げずに戦い抜いた友人たちは、それぞれの〝ハッピーエンド〟を勝ち取ったんだから。

でも――実はそれは、逆、だったのかもしれない。

もし俺が、清里《きよさと》さんのように最後まであがき続けていたら。

その〝普通〟じゃない理想を掲げて、友人たちを巻き込んで、諦めずに戦い続けていたら。

その果てに、〝みんな〟まとめて〝バッドエンド〟にたどり着いていたかもしれないんだ。

俺が理想を諦めたから〝みんな〟は幸せになれたかもしれないんだ。

「俺は……」

俺の、理想《ラブコメ》は――。

〝ヒロイン〟も〝友人キャラ〟も、〝サブキャラ〟のみんなも。だれもかれも傷つけて、不幸にしてしまうんだろうか。

身近にいる大事な〝登場人物《ひと》〟たちを、失ってしまうんだろうか。

拒絶……されて、しまうんだろうか。

「俺、は……」

〝幼馴染《おさななじみ》〟で〝共犯者〟の。

最も身近なところにいる、上野原を。

だれよりも不幸にして、だれよりも傷つけて。
そして、最後に――。

ぞわり、と背筋に悪寒が走る。

「――くそっ！」

ボスンっ、と。
スマホを握りしめた手で、枕を叩《たた》きつける。
そのまま何度か枕に拳《こぶし》を打ち付けて、最後に思い切り顔を埋《うず》めた。

やっぱり……。
やっぱり〝計画〟は、続けられない。
だれもが不幸になる〝計画〟なんて、続けちゃいけない。

「でも……そうしたら……」

〝計画〟のために、集まって会議をすることも、なくなる。
〝計画〟のために、休日のたび、色んな場所に調査に行くことも、なくなる。
そうやって過ごしてきた毎日が、全部、なくなってしまう。

『――長坂《ながさか》くん。本当に、お願いだから』

――ふと。
無表情でこちらを見据える、清里《きよさと》さんの姿が、脳裏に過《よぎ》る。
彼女は吹き荒《すさ》ぶ風に靡《なび》く髪を、耳にかけ直してから――。

『もう、理想を追いかけるのは止めにして――〝普通〟の現実で、笑えるように、頑張ろう?』

――ああ。
俺は、いったい、これからどうすれば。
〝ハッピーエンド〟に、辿《たど》り着けるんだ……。

舞台裏　〝共犯者〟ではない上野原彩乃

「はいどうぞ、水出しアイスコーヒーです」

「ありがとうございます、マスター」

からん、と氷が音を立て、ガラス製のドリンクジャーがテーブルに置かれる。

窓から差し込む夏の夕日が、容器を赤く照らす。きらきらと乱反射した光が目に入って、思わず私は目を細めた。


夏休みが始まって、すぐのこと。

私は〝D会議室〟――DRAGON CAFEのソファ席に、一人座っている。

耕平《こうへい》抜きでここに来るのは、初めてじゃない。シンプルでモダンな内装に、ところどころ遊び心の混じった雰囲気とか、コーヒーの香りに包まれる感覚がなんとなく気に入って、ちょくちょく遊びに来させてもらっている。

「甘いもの《いつもの》はちょっと待ってね。今日の分もう出ちゃってて、今作り直してもらってるから」

「あれ、そうだったんですか？　それなら別に――」

「いいよいいよ。むしろアヤノちゃん一人で一日分の売り上げになるから大歓迎」

「……それは大袈裟《おおげさ》じゃ？」

マスターは肩を竦《すく》めて笑ってから、近くのテーブルの片付けを始めた。

3時のティータイムを過ぎたこの時間帯は人入りが少なく、お客さんは私一人だ。そういう時は、こうしてカウンター横の大きなソファ席を使わせてもらっている。

私はふかふかのソファに体を埋《うず》めながら、ドリンクジャーを両手で持った。ひんやりとした感覚を手のひらに感じながら、蓋《ふた》から突き出たストローを口に運ぶ。

なんだかんだ……ここに来るのも、1週間ぶりくらいかな。多い時は週5とか来てたし、すごい久しぶりな気がする。

もちろんそれは、会議を含めた数字だ。というか会議が大半だ。

だから……。

会議《ソレ》がなくなった今じゃ、そんなに頻繁に訪れるわけがないのも当たり前だった。

「――それで。なんだか本調子じゃなさそうだけど、何かあった？」

「え？」

「だってそのコーヒー、ガムシロップ入れてないよ？」

「ん……」

……そっか。

道理で、なんか苦いなと思ったら。

私が蓋《ふた》を開けシロップを入れ直していると、マスターがカウンターの奥からハイチェアを持ち出してきて斜向かいにドンと置いた。

「よいせ、っと。もし話したいことがあるなら聞くよ？　暇だしね」

「え」

急に予想外なことを言われ、驚く。

珍しい。いつもは「じゃあごゆっくりどうぞ」って、すぐに裏に引っ込んじゃうのに。

いや――っていうか。

「……私、何か話したがってるように見えました？」

「だって、今日はずいぶん身軽だし。いつも必ず課題集とか本とか持ってくるよね？」

「……」

「アヤノちゃん、ちゃんと目的を用意してから来るタイプだもんね。なのに手ぶらでふらっと来るなんて珍しいなー、って」

そして「それにね」と、マスターはニッと白い歯をのぞかせて。

「こういう仕事をやってると、お客さんのそういう空気はわかるもんだよ」

むしろ愚痴が目的で来る人のが多いからね、と苦笑した。

……そう、なのかな。

だれかと話したかったのかな、私。

「コウヘイとなんかあったんでしょ。突然パッタリ来なくなったしね、君たち」

不意にそう言われ、きゅっ、と胸が締め付けられるような感覚を覚えた。

……何かあったのか、か。

私はドリンクジャーをテーブルに置いてから、おもむろに口を開く。

「その……マスターって、耕平《こうへい》がやってること、ご存知なんですよね？」

「うん？　あー、まぁ概《おおむ》ね？　アレだよね、めっちゃストーカーして裏工作してガチで物語の主役みたいになってやる計画だよね？」

「まぁ……大体そんな感じです」

改めて人から言われると、相当ヤバいことしてる感あるな。すっかり感覚が麻痺《まひ》してたけど。

「コウヘイからもちょくちょく相談受けてるし、中身もそれなりに知ってると思うよ。アヤノちゃんも、あいつのサポーターをやってるんだよね？」

「……そう、だったんですけどね」

「だった、ね」

「……」

——それから、ポツポツと。

私は、私にあるまじき散漫とした語り口で、現状を語った。

◆

「――ふーん、なるほどね。コウヘイが、あいつの人生みたいなもんだった〝計画〟を突然中止するとか言い出して、ワケを聞いても何も教えてくれないから、どうしていいかわからないでいる、と」

マスターは自分で用意したエスプレッソを口にしながら、そう総括した。

「RINE《ライン》じゃ『話せない』の一点張りってことだけどさ。直接聞きだそうとは思わなかったの？」

「最初はそのつもりだったんです。でも、全然捕まらなくて」

登校はしていたようだけど、休み時間に教室に行っても、いくつかある〝密会スポット〟に行っても姿がなくて。帰りに待ち伏せしようと昇降口を張っていても現れなくて。

靴は下駄箱にあるのになんでだろう、と不思議に思ったけど……よくよく考えたら、あいつのことだ。予備靴を用意した上で、緊急脱出ルートみたいなのを使って密かに出入りしていてもおかしくない。

そうこうしてるうちに夏休みに入ってしまい、尻尾《しっぽ》を掴《つか》む前に逃げ切られてしまった。

「たぶん、直前に起こった選挙絡みのイレギュラーが原因だとは思うんですが。立て続けに耕《こう》平《へい》の目論見が外れたので……」

「なるほどね……でも何かしら説明があって然《しか》るべき、とは思うよね。ずっと一緒にやってきたわけだし」

「そう、なんですけど……」

「？」

ふとそこで言い淀《よど》んでしまい、マスターが首を傾《かし》げる。

……確かにそう、なんだけど。

私はテーブルに目を落として、ぽつりと呟《つぶや》くように言う。

「その、よく考えてみたら……そもそも、私がとやかく言えることでもないかな、って。そう思ったんです」

「……うん？　どうして？」

マスターは眉根《まゆね》を寄せて尋ねてくる。

「あくまで私は、あいつの共は――サポーターなので。あいつがやめるって言うなら、それを止める権利とかないよな、って気づいちゃって」

「ん、権利……？」

「第一、本来〝共犯者《サポーター》〟なんて立場はいらなかったんですよ。成り行き上、やむを得ず用意された役柄であって、根本的には必要ないんです」

「必要……？」

「そう……それが、私である必然性だって、別になかったし。だから、もしあいつが『私の助けなんてもういらない』って、思ったとかなら……それはそれで仕方ないんじゃないかな、と」

「ちょ、ちょっと待って。権利とか必要とか、これってそういう話なの？」

マスターは戸惑いの表情を浮かべている。

……流石《さすが》に、もう少し筋道立てて説明しなきゃわからない、かな。

私はドリンクジャーを両手で包むように持ち、しばらくしてからポツポツ語り始める。


「私って——自分にしかできないことって、何もないんです」


「……ふむ」

「小さい頃から、色々幅広く手を出してきたんですけど。でも、どれもそこそこ上手にはできても、一番になれるようなものは何もなくて」

いわゆる器用貧乏ってやつです、と私は続ける。

「中学の頃やってた陸上も、どうしても上位の人には勝てなくて。でもだからって、すごい悔しいとか、死ぬ気で努力しなきゃ、みたいな気にもならなくて……要は向いてないんですよね、何か一つを極める、っていうのが。根本的な性格っていうか性質が」

「……アヤノちゃんは、それが嫌だったの？」

「嫌、っていうか……そういうもんじゃん、って思ってました」

だって、それが現実で、それが私だから。

ないものねだりをしたところで、意味はないのだ。

「友人関係も同じで、一番の親友みたいなのっていなくて。だれにでも合わせられるので、教室で一緒にいる友達とか、遊びに行く友達に困ったことはないですけど……クラス替えとかで距離が離れれば、連絡も取らなくなったり」

カラン、と溶けた氷が音を奏でる。

「でもそれも、当然なんです。だって、一緒にいるのが私である必要が、別にないから」

そう――。

私には、私じゃなきゃダメな、唯一無二《ゆいいつむに》の価値がない。

私じゃなきゃできない、私以外じゃ成り立たない、そういう代替不可な価値がない。

……つまり、それは。

条件さえ合うのなら、私以外のだれかに代わったとしても全く問題がない、ということだ。

「同じように世間話ができて、同じように楽しく過ごせれば、私じゃなくたって別にいいんです。たまたま身近にいて不快じゃなかったから、都合よく合わせてくれるから一緒にいる、ってだけで。決して最適解なわけじゃないんです」

それは例えるなら、コンビニ弁当みたいなものだ。

手軽で便利だから、他に選択肢がないからって理由で選ばれるもので、それじゃなきゃダメな理由はない。

私が友人として選ばれたのは、たまたま席が隣だったから。

たまたま帰り道が一緒だったから。たまたま部活が同じだったから——。

たまたまあの時、屋上に現れたから。

その程度の、理由でしかないのだ。

「自分にしかない役割、だとか思ってたのも……協力するって言ったのが、たまたま私だったから、与えられたものでしかなくて。私じゃなくちゃダメな理由とか、まるでないな、って」

〝共犯者〟と〝幼《おさな》馴染《なじみ》〟——私にしかないはずの、特別な役割。

でもそれは、結局ただのニセモノだ。

あいつ風に言うなら、ただの〝設定〟で。〝計画〟があるからこそ成立し、それがなくなればすぐに消えてしまう、貼《は》り付けただけの特別だ。

どれだけその設定通りに振る舞ったとしても、私自身に価値が生まれたわけじゃない。

本当の意味で、私にしかできないことじゃない。

……そう。

あの日、屋上に行ったのが、私じゃない別の人だったとして。

その人が〝共犯者〟を引き受けたなら——。

それで、全く、全然。

何の問題も……なかったんだ。

「あいつにとって私は、必要不可欠な存在じゃない。だからあいつが『もう必要ない』って思ったとしたら……私に、口出しできる権利とか、何もない」

そもそも計画は、あいつのものだ。私はそれに、興味本位で乗っかっただけ。

これまではお互い都合がよかったから、一緒にあれこれとやってきただけ。

元々それだけの、上っ面な協力関係。

全部虚像でしかない、ハリボテの関係。

そんなもの——。

あってもなくても、どっちでもいい。

〝普通〟の友人関係と、何が違うっていうんだ。

「——」

……知らないうちに、喉《のど》がカラカラだった。

私はちびり、とコーヒーを口に含んで流し込む。ガムシロップが足りなかったのか、やっぱりいつもより苦く感じた。

「と、まぁ……そんな感じで。話してたら、整理できたかも。ありがとうございます」

ぺこり、と頭を下げる。

なんか……柄《がら》にもなく、自分語りみたいなことをしてしまった。本調子じゃない証拠だな。

でも、理屈はちゃんと通っているし、間違っていないと思う。

つまり結論は出た――ってことだ。


……そう。

結論は出た、はずなのに。

なんで、全然……。

スッキリ、しないんだろう。


「――アヤノちゃんはさ」

不意にマスターが「ふぅ」と息を吐き。

「思ったより残念な子、なんだね……」


「…………え？」

うん？

残念……？

「え……私が？」

思いもしなかった指摘に目をパチパチとさせていると、マスターはもう一度ため息を吐《つ》いてから口を開いた。

「なんて言うか……理屈バカ？　いや、シンプルに頭でっかちかな」

「え。あの、ちょっと待ってください」

なに、それ。

そんなこと、生まれて初めて言われたんだけど。

地味にショックを受けていると、マスターは髭《ひげ》をひと撫《な》でしてから言った。

「自分にしかない価値とか、必要性とか権利とか……そういうこと考える前にさ、まずはア、ヤノちゃんが、どうしたいか、じゃないの？」

――私が、どうしたいか？

「だって今の話、そこがスッポリ抜け落ちてない？」

「……あの。でも、その」

私はしどろもどろになりながら続ける。

「私には、そういうの。全然なくって」

できることは何かなら、わかるけど。

何がしたいのか、って言われても……よく、わからない。

だって〝計画〟は、あいつに請われて始めたものだ。自分がやりたくて始めたものじゃない。

現に今だって〝計画〟そのもの――ラブコメがどうのこうのっていうのは、正直なところ、全然興味がなかった。

そんな私の答えに、今度はマスターが目をパチパチとさせて。

「……本気で言ってる？」

「え。あ、はい……？」

「あー、残念だけじゃなくて、ニブい子でもあったんだね」

「に、鈍い……？」

なに、それ。

それも、生まれて初めて言われたんだけど。

わりと、いや正直かなりショックを受けていると、マスターは「うーん」と悩ましげに腕を組んだ。

「んー、言うのは簡単だけど……部外者のオッサンが口で言ったところでなぁ」

マスターはしばらく黙って、それから「……うん」と頷《うなず》いた。

「じゃあさ。そういうのが得意な人、友達にいない？　すっごい単純な人とか、ひたすら自分のやりたいことやってる人とか」

単純……やりたいことやってる……。

そう言われて、耕平《こうへい》が〝ヒロイン〟と呼ぶ二人の顔が浮かんだ。

「心当たりは……ないこともない、です」

「お、そっか。じゃあ一度腹を割って話してみなよ。新しい発見があるかもよ」

「あ、いえ……と言っても、こんな話ができるほど親しい相手じゃないんですが」

そう、耕平にとっては〝ヒロイン〟でも、私にとってはただの顔見知りというか、ちょっとした縁があるくらいの相手でしかない。

というか正直なところ〝計画〟がなければ、どちらとも積極的に関わろうとは思わないタイプだった。一般的な対人コミュニケーションのお作法とか理屈とか、そういうのが通用するような人たちじゃないし。

「いやいや、親しさって意味じゃ俺だって大差ないでしょ？　ただのカフェのマスターだよ」

「それは、そうですけど……」

「ま、たまには自分と真逆のタイプの人と話してみるのも大事、ってことさ。俺からアドバイスできるのはそれだけかな」

がんばってね、とマスターは小さく笑うと、話は終わりとばかりに席を立った。

私はぼーっとその背を見送ってから、アイスコーヒーの最後の一口を啜《すす》って考える。

――あの二人と話してみる、か。

それがどういう効果をもたらすのかは、いまいちピンとこない。

ただ、まぁ……。

どうせ、やることもないんだ。

このなんとも宙ぶらりんな気持ちをどうにかできるというなら、考えてみてもいいかもしれない。

「……でも」

とはいうものの――夏休みに入ってしまった今、彼女たちと接触を図るのは難しい。

連絡先は〝友達ノート〟に載ってるからわかるけど、それを使っていきなりどこかに呼びつける、っていうのもおかしな話だし。

何か、直接顔を合わせる機会でもあればいいんだけど――。

「ん」

と、そこまで考えて、今後のスケジュールがぽっと頭に浮かんだ。

――ちょうど、おあつらえ向きのタイミングというべきか。
来週から、夏の『勉強合宿』が始まる予定だった。

第一章　勉強合宿

Who decided that I can't do romantic comedy in reality?

鬱蒼《うっそう》とした森を貫く道路を、バイクでひた走る。

空は雲ひとつない晴天。夏の太陽がジリジリと照りつけてくるが、高地特有のひんやりとした外気に相殺されて、さほど暑さは感じなかった。

時折、木々の切れ目から姿を見せる不二山《ふじさん》の山体と、その裾野に広がる山上湖《やまがみこ》を望みながら、俺は目的地のホテルに向かって進んでいく。


峡西《きょうにし》では例年、夏休みの初めに『勉強合宿』がある。

1年生は原則全員参加、2年生は希望者のみだがその半数近くが参加するという、人数だけでいえば修学旅行以上の大規模なイベントだった。

名目上は「涼しく快適な学習環境を提供する目的」で実施されているものだが、実態は強制カンヅメ合宿だ。参加者は朝食後から夕食後までみっちりと詰め込まれた時間割に従い、先生たち監視の下でひたすら自習させられるのである。

当然ながら私語は禁止。スマホやゲーム類の使用も厳禁。机で手を動かしていなければ怒られ、うたた寝したら強制的に起こされる、まさに勉強以外なにもできない時間だ。

自由時間は食事の前後と就寝前のみ。ホテルの敷地外への外出は当然禁止。仮に内緒で抜け出したところで、周辺は樹海を彷彿《ほうふつ》とさせる深い森。何一つ楽しめる場所がないどころか、迷えば命の危険まであるレベル。さらにダメ押しとばかりに、男女で使うホテルが別々なせいで合宿的なドキドキも一切排除という地獄の中の地獄だった。

だが、当初の予定だと、この合宿を活用してある〝イベント〟を——。

「……馬鹿」

俺は首を振って、雑念を飛ばす。

……ダメだ。

もう〝計画〟のことは、考えるな。

考えれば考えるほど、その先を見なくちゃいけなくなる。避けようのない結末に、苦しめられることになる。

だから、ただ普通に自習して、課題を終わらせる。

この合宿の目的は、それだけだ。

◆

しばらくして、目的地のホテルに到着した。

フロントの案内に従ってバイクを停め、大型バス専用駐車場の近くで待つ。

本来は一度学校へ集合してからバスで来るわけだが、俺は自宅の位置的に直で来た方が断然近かったから、こうして現地集合にさせてもらっていた。誇張なしに、3時間くらい無駄になるからだ。

さて、まだ5分ほど早いけど、みんなのバスは――と、ちょうど来たらしい。

車体に『不二急行《ふじきゅうこう》』と書かれたバスが、林間に設けられた通路を縫うようにぞろぞろと入ってくる。フロントのバスステッカーに『峡国西《きょうごくにし》高校御一行様』と書かれているから間違いないだろう。

バスが駐車スペースに停車するなり、続々と制服姿の生徒が降りてくる。みんなどこかソワソワと落ち着きがない雰囲気だ。勉強目的とはいえ、泊まりで合宿なわけだから、浮き足立っているんだろう。

ざわざわとした喧騒《けんそう》の中、俺は1年4組の乗るバスを探す。

すると――。

「おー、耕平《こうへい》ー！　早いなー」

ちょうど目の前のバスから降りてきた常葉《ときわ》が手を振っているのが見えた。

俺はいつものように笑って挨拶《あいさつ》を返そうとして――。

「よっす、常……おは、よう、常葉」

「んー？　なんでギクシャクしてるん？」

「あ、いや……」

ふと接し方に迷って、不自然な対応をしてしまった。

——今日まで、なんとなく今まで通りに接していたけど。

よくよく考えたら、俺の振る舞いは〝主人公〟である俺が〝親友キャラ〟である常葉に対する接し方として、最適化した動きだ。

それをそのまま、踏襲するっていうのは……〝計画〟と距離を置いたことに、ならないんじゃないか？　普通の友達として、接した方がいいんじゃないか？

いや、でも。

普通の友達としての接し方って、なんだ……？

それに〝主人公〟モードじゃない時の俺って、どんなノリだった……？

「あれ……もしかして、体調悪かったり？」

俺が黙って考え込んでいると、常葉が心配そうにこちらを覗《のぞ》き込んでくる。

「あ、いや違う、そういうわけじゃない。心配しないでくれ、いや、くれない？」

「？？？」

「わ、悪い！　ごめん、ちょっとまた後で！」

焦ってそう言い捨てて、俺は一足先にロビーの方へと走り始めた。

くそっ……そこは事前にちゃんと考えておくべきだった！　準備不足にも程がある！

走りながら、そもそも準備とか考えてる時点でどうなのかという疑問も浮かんできたが、それ以上考えるとオーバーヒートしそうだったので、俺は思考を遮断した。

◆

合宿の日程は2泊3日。初日の今日は、午前2コマの自習時間の後、昼食。午後の部は3コマで、合間に小休憩を挟みながら夕方まで続く。

その後、夕食の後にある夜の部2コマを終えたところで、やっと入浴時間兼自由時間が2時間ほどあり、22時に消灯というのが大まかなスケジュールだ。

ロビーでの点呼を終えた現在、俺と同室のメンバーは、大荷物を自分たちの部屋に持っていくところだった。

ちなみに同室のメンバーは常葉《ときわ》、鳥沢《とりさわ》、穴山《あなやま》、井出《いで》の4人だ。メンツを過分に偏らせたことの意味は……もうない。

「ひゃっほー！　ホテルなのに普通の和室ぅー！」

割り当てられた部屋のドアを開け、我先にと飛び込んだのは井出だ。ハイテンションで畳の上をごろごろと転がっている。

「うっわ、これマジで雑魚寝《ざこね》になるやつじゃん……ボク布団苦手なんだけどなぁ」

部屋を見て、げんなりと肩を落とした穴山。きょろきょろと周囲を見回して部屋の隅に向かい、自分の縄張りを主張するように荷物で囲み始めている。

「おー、まさに合宿って感じだなー。これから勉強漬けってのがすげー複雑な気分だけど……」

「防音は期待できそうにねーなこりゃ。まぁ夜中じゃなきゃいけるか？」

言葉通り複雑な顔でいる常葉と、横長のボストンバッグから何やら奇妙な形のギターを取り出し始める鳥沢。

それを見た井出が「えっ」と驚きの声を漏らした。

「なになに鳥沢、そんなちっちぇーギターあんの!?」

「トラベルギターってヤツだ。毎日触ってねーと勘が鈍るからな」

「こんなとこまで来て練習って、もはや意識がプロだよなぁ……そうでなくても最近練習増やしてんのに」

「そうでもしねーと色々追っつかなくなっちまったんだよ。学祭の練習は夏前に終《しま》いだ」

「マジかよ、はっや！　俺らまだ曲すら決まってねー」

そんなこんな、軽音楽部勢は二人で和気藹々《わきあいあい》と話している。

「んー、俺もボール持ってくりゃよかったかなー……中庭でドリブル練ならできるかもだし」

「いやいや常葉氏、日本庭園でそれは無理っすわ……。バスケ漫画で我慢しとこ？」

「そっかー……え、てか穴山《あなやま》、漫画持ってきたん？　持ち込み禁止じゃ？」

「ふふふ、お気に入りは紙と電子両方買う派のボクに隙はなかった。タブレットは禁止されてないから合法っすわ」

そして常葉《ときわ》と穴山は漫画トークに花を咲かせていた。

みんなわいわいと楽しげで、まさに合宿らしい空気感だ。

そんな中、俺はどちらの輪にも加わることなく、部屋の隅で荷物の整理に勤《いそ》しんでいる。

こうしてみんなといる時の振る舞いも、全然決めてなかったからだ。

――俺が今まで付き合ってきた人は、みんな〝計画〟を下敷きにして仲良くなった人ばかり。

気が合うから、話が合うからと、自然に友達になったわけじゃない。〝友達〟になるべく意識的に選んだ人ばかりだった。

それは、果たして普通の友達だと言えるのか？　これからも、普通に仲良くしていいのか？

それで本当に、みんなを失うようなことにはならないって言えるのか？

「……」

やっぱり……どうしていいか、まるでわからない。

元々、対人コミュニケーションは苦手なんだ。何も考えずにうまくやることなんて、できるわけがない。

こんな時は、いつだってあいつに――。

途端に胸が苦しくなって、首を振って思考を飛ばす。

……この調子じゃ、さっきみたいに不自然な対応をしてしまうに決まっている。ちょっと早いけど、もう会場に行って、そこでどうするか考えよう。

そう決めて、みんなの視界に入らないよう、こっそりと壁伝いに進む。

入り口の敷居を跨《また》ぐなり、速やかに館内用のスリッパに履き替えて、部屋の外に出ようとしたところで──。

「あれ、耕平《こうへい》？　もう行くん？」

不意に背中に降ってきた常葉の声で、ぴたりと足を止めた。

「あ、おう……」

くそ……今は、声かけてほしくなかったな。

常葉はこちらにやってくると、にへらといつもの顔で笑う。

「黙って行くことないのにー。俺も行くから待っててー」

「いや……ちょいトイレに寄ってから行こうかな、と」

「あー、そっかー。てか、やっぱ体調悪いんじゃ……？」

と、再び心配そうな顔になって尋ねてくる常葉。

俺はまた否定しようとして、でもよくよく考えたらそういうことにした方がいいような気もして、曖昧《あいまい》に笑って答える。

「まぁ……ちょい気分が悪いかな、ってくらいだから。気にしないで」

「んー、そっか……？」

あくまで気遣いの姿勢を崩さない常葉《ときわ》に、良心がちくりと痛む。

でも、あながち嘘《うそ》ってわけでもない。実際、気分はすこぶる悪い。

「――」

ふと視界の端で、鳥沢《とりさわ》の目がこちらに向いたのに気づく。

ぎょっとして、慌てて声を上げた。

「じ、じゃあ、先に行ってる！　ごめん！」

「えっ？　あっ、耕平《こうへい》？」

戸惑う常葉を横目に、急いで部屋を出た。

そう、そうだ……ここには鳥沢が、いるんだ。

鋭い鳥沢のことだ。このまま曖昧《あいまい》な態度を取り続けたら、間違いなく勘繰られる。

とにかく、早急に身の振り方を決めなくちゃならない。少なくともこの合宿中は、ある程度一貫性のある態度で振る舞わないと。

俺はそう決めて、カーペット敷きの廊下を足早に歩く。

窓からちらちらと差し込んでくる木漏れ日越しの光が、鬱陶《うっとう》しく感じられた。

◆

２００人は入るであろう、ホテルの大会議場。

横10列、縦10列にわたって延々と並ぶ長机に2人ずつ、前から後ろまでみっちりと生徒が座っていた。

カリカリとシャーペンの芯が擦《こす》れる音がそこかしこから響き、机の間の通路には先生たちがゆっくりと周回している。どこか、高校入試の時を思い出す雰囲気だ。

俺は下手なラノベよりも厚い現国の課題集を前に、ペン先で文を追いかけるフリをしながら頭を働かせる。


――みんなとこれから、どう接するべきか。

少なくとも、今まで通りに接していたんじゃ意味がない、と思う。

となればやっぱり、普通の俺で、普通に接しなきゃいけない。

そして普通の俺とは、〝計画〟の始動前――中学時代の自分、ってことになる。

当時の俺は……あんまり、自分から何かをすることはなかった。

クラスメイトに積極的に話しかけることはなかったし、みんなといても基本黙って成り行きを見守る態度を取っていたことが多かった。

つまり、率先して「ああしよう、こうしよう」と陣頭指揮をとるのは控えた方がいい。

基本は流れに任せて、何か聞かれたら一番当たり障りのない答えを返す。当たり前だが、過剰なリアクションはなしだ。

そして……〝友達ノート〟のデータは、極力使っちゃいけない。あれは普通じゃない俺の象徴みたいなものだから。

どういう接し方がその人にとって一番心地よく感じるのか、どんな言葉を返すのが一番その人に届きやすいのか——そんなことはいちいち考えずに、その場の空気に合わせて対応するしかない。

身振り手振りにも、気を使う必要はない。どう振る舞えば印象がよくなるか、不快感を与えないかとか、難しく考えなくていい。その時の気分に応じて動けば、それでOK。

……まとめると、だ。

すべて、テキトーに。

自分から何かをすることなく、他人《ひと》の意見に従う。

理由も、意味も、必要性も深く考えることなく、ノリだけで動く。

それが、きっと——俺の〝普通〟の接し方、ってやつだ。

……たとえ、それが。

かつて、たまらなく嫌いだった自分の姿、なのだとしても。

それが〝バッドエンド〟を回避するための選択だというのなら……我慢するしか、ないんだ。

——ポーン、ポーン、ポーン。

そこまで考えたところで、どこか間の抜けたチャイム音が流れ、1コマめの自習時間が終了した。

「んはー！　なんかすげー肩凝るなー、これ」

「そうだなぁ」

隣の席で背伸びをする常葉《ときわ》に、なんとなく同意の言葉を返す。

「耕平《こうへい》は、体調どんな感じ？」

「あー、まぁなんとかなりそうかな」

「お、そっかー！　ならよかったー」

にへら、と笑う常葉に、同じくにへらと笑って返す。特に笑ったことに意味はない。

「にしてもさー、これずっと続くとか、流石《さすが》に疲れそうだよなー」

「それなー。なんかだるいよね」

「俺はメシの後の眠気耐えるのが心配だー」

「同じく。眠くなるもんな、メシの後って」

そのまま二人してダラダラと喋《しゃべ》っていると、ふっ、と人影で視界が陰った。

「おー、おつかれー鳥沢《とりさわ》」

「――」

常葉《ときわ》の言葉に、ピクンと耳が反応する。

鳥沢は、すぐ横に立っている。俺は努めてそちらに目線をやらないようにしつつ、次の課題の準備を始めた。

「――長坂《ながさか》。お前、なんかあったのか?」


ドクン、と。

心臓が跳ねた。


……早速、かよ。

「なんか、って?」

「言葉通りだが」

俺は素知らぬ顔で「はは」と苦笑いしつつ、数学の課題集を取り出した。

「んー、ちょい体調がよくなくってさ。寝不足なのが原因かも」

「体調、って感じにゃ見えねーけどな」

ぴしゃり、と断じられ、思わず課題集を落としてしまった。

ああ……やっぱ鋭いな、鳥沢は。

でも、だからといって、対応を変えるわけにはいかないんだ。

俺は無言で課題集を拾い上げると、ぱんぱんとホコリを払う。

「まぁ気にしないでくれ。放っとけば、そのうちなんとかなると思うから」

「なんとかなる、ね……」

そう言葉尻を強調し、鳥沢が不愉快そうに眉《まゆ》を歪《ゆが》めた。

そうだろうな。鳥沢はきっと、気に入らないだろうな……。

でもさ。なんとかするのは、ダメなんだ。成り行きに任せるしかないんだ。

「まぁまぁ、鳥沢」

しばらく二人して黙っていると、常葉が横からパッと手を差し入れてきた。

「耕平《こうへい》だって本調子じゃない時くらいあるってばー。そんくらい普通だろー?」

「……ふん」

鳥沢は鼻を鳴らすと、それ以上何も言わず立ち去っていった。

俺は知らず強張《こわば》っていた肩の力を抜いて、ようやく顔を上げる。

「あはは……なんか鳥沢、ご機嫌ナナメな感じかなー?　耕平、あんま気にすんなよー?」

「……うん」

あくまで俺を庇《かば》ってくれる常葉《ときわ》に、また胸がちくりと痛んだ。

……。

……これで、いいんだよな？

◆

それから特筆してなにかが起こることもなく、1日目の自習時間が終了。

今は夜の自由時間。俺たちは部屋に戻り、トランプで入浴時間までの暇を潰《つぶ》していた。

ホテルの大浴場はそれなりに広いようだが、なにぶん人数が多いために部屋ごとに入れる時間が決まっている。うちの順番は最後で、就寝ぎりぎりになりそうだった。

「はいそれダウトですー！」

「あっ、くそっ！　つかなんで穴山《あなやま》そんなつえーんだよ⁉」

「ふふふん、ギャンブル漫画を極めしボクにカードゲームは鬼門っすわ。さぁーカケ狂いましょー？」

「おおー？　なんかすげー気合い入った顔してるなー」

急に絵のタッチが変わったかのような顔芸を見せる穴山に、常葉が感心の声を漏らす。

俺はそれを見て「ははは」と笑いながら、自分のカードを捨てた。

なお、この場に鳥沢《とりさわ》の姿はない。持参していたギターもないから、中庭あたりで練習してるのかもしれない。

「にしてもさ……なんか大人しくない、師匠？　いつもなら顔芸返しくらいしてきそうなのに」

と、不意にそう尋ねてくる穴山。

俺は自分の手札に目を配りながらテキトーに答える。

「そうでもないだろ。普通だよ普通」

「あぁ、なんかいまいちノリ切れねーなー、って思ったらソレだ」

今度は井出《いで》がそう言った。

「ほら委員長ってさ、なんかどんな時でもバイタリティマックス、って感じじゃん？　存在感ないとか珍しくね？」

「酷いな。さっきから一緒に遊んでるのに」

「いや、そうなんだけど……てかなんか返しもキレ悪くね？　いつもなら『めっちゃ存在してるわ！　逆に存在感が巨大すぎて見えないだけだわ！』とか言いそうなのに」

……そんなパターンの返しはしたことないぞ。

俺が肩を竦《すく》めていると、常葉が「まぁまぁ二人とも」と割って入ってくる。

「耕平《こうへい》だってたまにはそういうこともあるってばー。いつもやる気満々じゃ疲れちゃうしさー」

にへら、と笑いながらフォローしてくれる常葉。

すると穴山《あなやま》が「はー」と感嘆のため息を漏らした。

「前々から思ってたけど、常葉《ときわ》氏ってめっちゃ優しいっすよね。色々気が利くというか」

「それなそれな。天然っぽい顔してわりかし気遣い屋？」

「いやいや……そんなことないってー」

穴山と井出《いで》の褒め言葉に謙遜《けんそん》しつつ、自分のカードを捨てる常葉。

「それに謙虚。加えてイケメン。何よりオタクに優しい！」

「さらに運動神経抜群で、強豪バスケ部期待の星ってんだからさぁ。ずりーよなー」

と、そう呟《つぶや》く傍ら、ひっそりと自分のカードを捨てる井出。そして穴山に「はぁい、残念でしたぁ！　それもダウトぉ！」とか突っ込まれて「ぎゃあああ、本気でつえーぞこいつ！」とか頭を抱《かか》えていた。

「んー……」

常葉は言葉を濁しながら頬《ほお》を掻《か》いている。

……？

その顔は、どうも浮かない様子だ。

最初は二人の誉め殺しに照れているのかと思ったけど、そうではなく居心地が悪そうな、バツが悪そうな、そういう態度に見える。

若干違和感のある振る舞いに首を傾《かし》げていると、常葉が俺の方を向く。

「ま、俺のことはともかく、耕平《こうへい》はさー。無理しすぎない方がいいと思うよー？」

「あ……うん」

「いつも一生懸命だと疲れちゃうし、そういうのって見てる方も『無理してないかな』って心配になったりするしさ。ちょっとくらい肩の力を抜いてもいいと思うなー」

その言葉を受けて、俺はぼんやりと思う。

……そう、だよな。

理想を全力で成し遂げようと努力し続けること、それが周りの〝みんな〟にとって害悪になるのだとしたら。あえて手を抜いて、全力を出さないようにするのが、合理的な選択だ。

そうすれば、時間を有効活用するためのスケジューリングなんて考える必要はなくなるし、規則正しい生活リズムを殊更に意識する必要もない。暇な日に、気の向くまま読書しながら過ごす、なんてこともできるようになるかもしれない。

ならもう、そうした方が――。


「そういうこっちゃねーと思うがな」


――と。

急に耳に飛び込んできたその声に、思わず体が強張《こわば》った。

「あ、鳥沢《とりさわ》ー、おかえりー」

常葉《ときわ》がいつもの調子で声をかける傍ら、俺は視線をさっとカードに落とす。

……鳥沢の発言は、いちいち心臓に悪い。

どこまで分かってて、何をするつもりなのかまるで予想がつかないから、その一挙手一投足が怖くて仕方ない。

ドキドキと早鐘を打つ鼓動を誤魔化すように咳払《せきばら》いをしてから、トランプに戻る。

視界の端に見える鳥沢は、無言で俺たちの横を通り過ぎると、荷物置き場でガサガサと音を立て始めた。恐らく、ギターを仕舞ってるんだろう。

そしてしばらくしてから立ち上がると、再び入り口へ向け歩いていく。

特に……話しかけてきたりはしない、か？

ほっ、と思わず胸を撫《な》で下ろす。とにかく、このまま身を低くしてやり過ごそう。

「あれ、またどっか行くのー？　もうすぐ風呂だよー？」

なんて俺の目論見をよそに、常葉が鳥沢を呼び止めてしまった。

ああもう……今それはやめてくれ……。

恐る恐る横目で様子を窺《うかが》うと、ちょうど半身を返した鳥沢の目線が俺の方を向き、さっと血の気が引く。

「つーかよ――」

あ、いや……？

違う。

その視線の先は、俺じゃない。

「常葉。お前は、いい加減そういうつまんねー対応すんのはやめとけ」

ピリッ、と。

鳥沢が投げかけた言葉で、空気が僅《わず》かに緊張した。

「う、うーん？　どういうこと？」

まさかそんな言葉が飛んでくるとは思わなかったらしい常葉は、戸惑いの声を上げている。

しかしその反応も気に食わなかったのか、鳥沢は不快げに眉《まゆ》を顰《ひそ》めた。

な、なんだ……？　どうして鳥沢は、常葉に苛立《いらだ》ってるんだ？

俺がどう振る舞うべきか判断に迷っているうちに、二人の会話は進んでいく。

「とぼけやがって。本当は自分でもわかってるだろ」

「え？　え？」

「お前、気遣いなんてしてねーだろうが。漏れてんぞ」

「――っ」

パッ、と。

弾かれたように顔を上げ、鳥沢《とりさわ》をマジマジと見る常葉《ときわ》。

は……？　気遣いはしてない……？　漏れてる……？

鳥沢はその言葉を最後に「フン」と鼻を鳴らして、そのまま部屋から出て行ってしまった。

張り詰めた空気が弛緩《しかん》し、俺は密かに安堵《あんど》の息を吐く。

──今のは、なんだったんだろう。

鳥沢が常葉に突っかかることなんて、今まで一度もなかったのに……。

「あ、そーだ鳥沢、戻ったなら俺にもギター貸して──って、あれ？　もういねーの？」

と、それまでゲームに集中していた井出《いで》が鳥沢の不在に気づき、開け放たれたドアの方へと走っていく。そして廊下に出るなりきょろきょろと左右を見回しているが、すでにその姿は消えていたらしく、残念そうに髪を掻《か》き上げていた。

「……」

隣の常葉は、俯《うつむ》いて黙っている。

常葉には、あれで意味が伝わったのか……？

古びた天井の照明が弱々しいせいで、その表情はよく見えない。常葉が今どういう気持ちでいるのかは読み取れそうになかった。

「あ、おーい、風呂の順番きたってさ！」

と、井出《いで》がそう声をかけてくる。たぶん、隣室の人が戻ってきたんだろう。

もやっとした気持ちを抱《かか》えつつも、着替えを取り出すために席を立つ。

「風呂めっちゃ広いって！　シンクロやろーぜシンクロ！」

「あ、ぼ、ボクは後でゆっくり行くんで……」

「はい？　穴山《あなやま》クン何言ってんの？　20分しか時間ないんだってての」

「い、いやいや。ボク早風呂だから……」

「あー、それともアレ？　アレをお見せできない事情とかある感じ？」

「はっ、ち、ちげーし！　てかそういうノリ嫌なんだけど！　オタクの心はナイーヴなの！」

「あーはいはい、なんでもいいから行くぞー」

嫌がる穴山をがっしり腕でロックして引っ張っていく井出。たぶんあれ、トランプに負けた腹いせだろうな……。

俺は肩を竦《すく》めてから後を追いかけようとして、ぼーっとしたままの常葉《ときわ》に気づく。

「常葉……？」

「あ、うん。ごめんごめん」

その呼びかけで我に返った様子の常葉は、先に用意しておいたらしい着替えを手元に引き寄せ、にへら、といつもの顔で笑った。

「じゃ行こっかー。風呂広いかなー」

「……今さっき広いって言ってたぞ?」

「え、そうだっけー?」

あはは、と照れたように笑いながら、前を歩き始める常葉。

……なんだろうな。

周りの世界が、ギクシャク噛《か》み合わなくなってしまったような、そんな気がする。

その感覚を共有したい——なんて思考が湧いてきたが、俺は努めてそれを消し去った。

◆

それから短い入浴時間を終え、消灯時間を迎えた。

先生たちが見回りをしやすくするための措置らしく、入り口のドアは開けっぱなしにされている。部屋には廊下から漏れる非常灯の明かりがぼんやりと届いていた。

ちなみに布団の並びは3対2の2列で、常葉、俺、鳥沢《とりさわ》の順で横並び。井出と穴山は頭をこちらに向けた状態で寝転がっている。

「えー、みんなもう寝んの?」

頭上から、井出のコソコソとした声が届く。

「いやだって、外からモロバレじゃん……課題増量とかイヤっすよ、ボク」

ごそごそと布団の擦《す》れる音を響かせながら、穴山《あなやま》が小声で答えた。

「小声なら大丈夫だって。コイバナしよーぜコイバナ」

……恋バナ、か。

いつもなら喜んで飛びつくネタだけど、今は一番触れたくない話題だ。

俺は掛け布団を深めに被り、寝ているフリをすることにした。

「穴山クンどうよ？　だれか好きな子いねーの？」

「いやボクはそういうのいいから……」

「えー、マジかよ。二次元で満足系？」

「そりゃ……まぁ、一概にそうは言わないけどさ」

もぞり、と体の向きを変える気配。

「ただ大前提、ボクには現実《リアル》の恋愛とかできっこないんすわ。イケメンでもなきゃ運動もできない、女の子受けするような会話ネタも皆無なキモオタを好きになる子とかいる？　って話」

「あー、まーな」

「いや、嘘《うそ》でも1回くらい否定してほしいんすけど……気分的に」

悪い悪い、と謝る井出《いで》。

「ただまぁ、言いたいことはわかるわー。そう簡単にモテたりしねーよなー」

「そうそう。ボク、ＳＮＳの知り合いとか男ばっかだし、クラスの女子とさえほとんど話さないし……無理して話しかけても拒否られたりするし」

「話しかけて反応悪いと萎《な》えるもんなぁ。そういうのしょっちゅうだもん、俺」

「かといって、勝手にいいトコ見つけてくれる子とかいるわけもないし。つまるところ、ボクの人生にヒロインなんて存在しないんすよ」

……。

「だったら二次元に命捧げた方がよっぽどマトモっていうか。ねぇ師匠？」

「――」

俺は答えなかった。

「あれ、もう寝てるん……？　やっぱ調子悪いんすかね……」

「まぁ、今日は仕方ないっしょ。寝たら元気になるんじゃん？」

軽い調子で井出が流し、そのまま会話は続く。

「つか、せっかく野球辞めてギター始めたってのに、全然モテねーんだよな。音楽やってる人カッコイイ！　みたいなノリあるけど、結局大事なの顔じゃね？」

「それ、ほんとソレ。あと顔より性格とか言うくせに、そもそもこっちのこと見ようとすらしてくれないってか。スタートから関わり拒否されたらどう性格をアピールしろと？　無理ゲーでは？」

「てかお前、どうでもいいとかいうワリにめっちゃ語ってね?」

「ゲフッゲフッ……。ま、まぁだからボクたちみたいなのは、リアルで頑張る意味とかないんすよ。別に陽キャもリア充も否定するつもりないけど……まぁ、そういうのできる人たちだけで勝手にやってて、っていうかさ」

「あ、それわかるかも。自分にゃ無理ってなると急に冷めるよな。距離置きたくなるっつか」

……そう、か。

やっぱりみんな……ラブコメノリには、巻き込まれたく、ないのか。

「じゃーここで鳥沢《とりさわ》、モテモテ側の人間代表としてコメントを一つ」

「――」

鳥沢は無言。

というか、さっきからずっとだれとも会話を交わしていない。

「はいはい、相変わらずノーコメントですね……じゃあ代わりに常葉《ときわ》!」

「あー、えっと、俺は別にそんなモテるわけじゃ……」

気まずそうなトーンで答える常葉。

「嘘《うそ》つけ! バスケ部の練習中キャキャー言われてんの知ってんだからな!」

「シー! 井出《いで》君、声! 声!」

「あはは……」

井出と穴山《あなやま》に常葉は苦笑いを返してから、ぽつりと呟《つぶや》くように言った。

「でも、俺もさー……今はそういうのいいかな、って思ってるんだ」

その言葉に、ぴくりと耳が反応する。

「なんていうか、今さー。部活がガチで大変で。そっちに集中したいなー、とか」

「あーまぁ……バスケ部はなぁ」

「インハイ常連っすもんね。顧問も体育のすげー怖い先生だし」

「うん……」

いつになく覇気のない常葉の声。小声だから、そう聞こえるんだろうか。

「やっぱさー、高校ってレベルたっかいんだよなー。ほんと、中学のＭＶＰとかお飾りみたいな感じで」

「えっ、マジで？　常葉でソレって相当じゃん？」

「スポーツって厳しい世界っすね……」

「うん、そうそう。ちゃんと結果出すには、バスケだけに集中しなきゃダメってことなんだろうなー、って思って。そもそも、色んなこと同時にできるほど器用じゃないしね、俺——」

……ああ、やっぱり。

俺は布団の中で、うずくまるように体を丸めた。

みんなの話し声が遠ざかるのを感じながら、ぐっと膝を抱《かか》える。

——こうして。

直接話しているのを聞いて、実感する。

本当に〝みんな〟は、ラブコメに巻き込まれるのを、好ましく思ってない。

自分には縁のないことを頑張っても、無駄なだけ。自分にできないものを見せつけられても、冷めるだけ。

それより他にやるべきことがあったり、戦わなきゃいけない現実があったりで、無関係な他人のノリに付き合ってられる余裕なんてない。

なのに無理やりに巻き込んだら、迷惑に思うに決まってる。

嫌になるに決まっている。


……やっぱり。

認めるしか、ない。

俺の〝計画〟は——欠陥品なんだ。
俺は〝主人公〟になろうとしちゃ、ダメなんだ。

俺は、もう……。

現実で〝ラブコメ〟を実現しようだなんて馬鹿でいたら、いけないんだ。

『長坂《ながさか》は、馬鹿でいるのが、よく似合ってると思ったから』

——夕焼けの屋上が、フラッシュバックする。

……あぁ。

せっかく俺は。

そんな馬鹿な俺を、認めてもらったっていうのに。

『だから……なるべく馬鹿のままでいてほしかった。それだけだよ』

違う、それでも。

俺は、そんな馬鹿な俺を認めてくれた人を、傷つけてしまう方が——。

「――そんな選び方じゃ、お前は絶対に後悔すんぞ」

ザクリ。

射抜くように放たれた一言に。
心臓が、差し貫かれたような錯覚を、覚えた。

「鳥沢《とりさわ》……？」

……と。
怪訝《けげん》そうに呟《つぶや》いた、常葉の声で。
今の言葉が、俺に向けられたものじゃなかった、と気づいた。
「常葉《ときわ》。お前の選択は単なる消去法だ。それじゃ真の意味でマジになんてなれねーよ」
その口調は苛立《いらだ》ちを含んでいて、攻撃的だった。
……また、だ。

　また、突っかかるような言い方だ。

「さっきから『それしか方法がないので仕方なくそうします』としか言ってねーだろ、お前。自分がしたくてそうしようと思わねー限り、どんだけ専念したところで時間の無駄だ」

「ちょ、ちょいちょい鳥沢。そんな言い方しなくてもよくね……？」

　焦った井出《いで》の制止も顧みず、鳥沢は続ける。

「事実だろ？　違うなら反論してみたらどうだ」

「あはは……いやー、鳥沢に言われるとキツいなー」

　そのあからさまな売り言葉にも常葉は応じず、場を収めようとするが……。

「そうやって、問題の本質を見ないフリして誤魔化すのか」

　しん、と一瞬、音が消える。

「その方がカドが立たねーから、そっちの方が現実的だから、って言い訳してな」

「え……」

「その場、その時はそれでいいけどよ。いつまでも本質を直視しねーままじゃ、どうやったっても解決なんてできねーよ」

「そ、そんなことないって……」

「まぁお前の問題だ、勝手にすりゃいい。けどな――」

――え？


ぼそり、と。

鳥沢《とりさわ》は、隣の俺にだけ聞こえるくらいの声で。

ある一言を、前置きしてから。


「そのまま、妥協を続けてみろ。じきにお前は、何一つ満足できなくなる」

「そんなことないって！」


――そうして。

常葉《ときわ》は、遂に耐えかねたかのように声を上げ、否定した。


「と、常葉氏……!?」

「ちょ、ふ、二人とも急に何よ!?」

「あ……」

焦る穴山《あなやま》たちの声で、我に返ったように呟《つぶや》く常葉。

「おい、お前ら！　就寝時間だぞ！　課題増やされたいか！」

――そして、騒ぎを聞きつけた先生の介入で、その場はなんとか収まった。

俺は――。

静寂と暗闇《くらやみ》に包まれた布団の中で、思い出す。

さっき、鳥沢は。

前置きに――。

『経験者として忠告だ』

と。

そう、言っていなかったか……？

舞台裏

ケース1 〝攻略できないヒロイン〟

勉強合宿、1日目の夜。

私は一人、廊下のベンチに腰掛けていた。

正面の大きなガラス窓の向こうには中庭が広がっている。ちょっとモダンな日本庭園という感じで、ところどころに置かれた灯籠《とうろう》から漏れる明かりが幻想的な景色を演出していた。

「さっぱりしたねー！」「勉強疲れした体に染み渡るー、って感じだったわぁ」「あはは、めっちゃオヤジっぽいー！」

私は中庭を眺めているフリをしながら、目の前を通り過ぎる子たちを流し見る。

みんな一様に学校指定のジャージにスリッパという格好で、首にはバスタオルをかけていた。会話の内容とほんのり湿った髪を見るに、確実にお風呂上がりだろう。

「イズミ、自由時間どうする？」「いや、夏休み中の練習スケジュール考えるけど」「あんたこういう時くらい部活から離れなって……」

しばらくして、また別の集団が通りかかった。

……ん。あの子、4組の子だな。

その中の一人に、ターゲットの隣部屋の子が含まれていることに気づく。向こうは覚えてないだろうけど、〝幼馴染《おさななじみ》化イベント〟の時に一度だけ話した人だ。

となれば、そろそろかな……。

私は大浴場がある方、その曲がり角に視線を向けて、彼女が通るのを待った。

――この合宿中のターゲットは二人。

どちらも〝計画〟の表舞台に立つ〝登場人物〟で。

どちらも私と違って、自分にしかないものを持っている人たちだ。

『たまには自分と真逆のタイプの人と話してみるのも大事、ってことさ』

ふとマスターの言葉が蘇《よみがえ》る。

……そうすることに意味があるのかは、未だにわからない。

たぶん、考え方とか思考ロジックを参考にしろ、って言いたかったんだと思うけど……そもそも土台となる性格と価値観が違いすぎて、あんまり参考にならない気もする。

それとも他に、何か思いもよらない意味があるんだろうか。私には見えてない理屈が隠れてるんだろうか。

結局、今に至るまで納得できる答えは見つからず。やっぱり実際にやってみるしかないと、こうして待ち伏せすることにしたのだった。

「てかすごい肌すべすべー！」「この温泉だけは役得だよねー！」「男子の方は普通のお湯らしいよ？」「まぁ男子にはもったないしね」「順当順当」

断続的に通り過ぎる人たちをチェックしつつ、お風呂とは逆方向――宿泊部屋のある方向にも注意を向ける。

一つ気をつけなきゃいけないのは、ターゲットのクラスには芽衣《めい》がいる、ということだ。あの子に私たちが二人きりで会話しているところを見られたら、裏があるんじゃないかと勘繰られるかもしれない。

一応、芽衣の入浴時間まで30分は余裕があるし、大浴場の近くに他の施設はないから、偶発的な遭遇が起こる可能性は低い。最悪バレたとしても、そもそも〝計画〟絡みの行動じゃない以上、致命的なことにはならないとは思う。

とはいえ、警戒して損はないし、気づかれないに越したことはないだろう。念には念が功を奏したケースは〝計画〟で何度もあったしね。

「――てかまさかお風呂で転ぶとか」「ねー。ほんとウケる」「い、今時石鹸《せっけん》とか置いとくホテルがわりーんだよ！」「はいはい。にしてもすぐ後ろが湯船で助かったねー、あゆみ」

……っと、やっとお出ましかな。

私はその姿を確認して立ち上がり、仲良さそうにじゃれ合いながら歩いてくる集団の前に躍り出た。

「――勝沼《かつぬま》さん」

「は？　今だれかアタシのこと呼んだ……って」

ピタリ、と足を止め、目をパチパチと瞬《まばた》かせながらこちらを見ている彼女。

やけに身に馴染《なじ》んで見える学校ジャージに、小脇に抱《かか》えたトートバッグ。しっとりと濡《ぬ》れた金髪と、ほんのり赤く上気した化粧っ気のまるでない顔。

間違いない。本日のターゲット——勝沼あゆみだ。

「アンタ……」

「久しぶり」

戸惑い半分、気まずさ半分といった顔で目を泳がせる彼女に向けて、私は予《あらかじ》め用意しておいたものを掲げて見せる。

「ちょっとさ、時間もらえない？　これあげるから」

そう言って、両手に持ついちご牛乳の瓶を軽く振った。

◆

私は勝沼さんを伴って中庭に出て、廊下から死角になる位置のベンチに腰掛けた。

周辺の森からは、たくさんの虫の音が聞こえてくる。真夏の夜だけど、避暑地として有名な場所だからか、すっきり湿気のない風が肌に心地よかった。

「はい、これ」

そう言って、私は右手に持ったいちご牛乳を勝沼《かつぬま》さんに差し出す。

「その前に、さ……急に、なんの用なワケ？」

傍に立つ勝沼さんは、顔を強ばらせながら腕を組んでいる。荷物は友達に預けていたから、今は手ぶらだった。

私は息を吐いて、右手の瓶をベンチの上に置く。

突然呼び出したせいか、緊張してるみたいだ。一応、彼女が改心した後に和解っぽいことはしたけど……それ以来、会話することもなかったし。当然の反応か。

私はなるべく声のトーンを和らげて話し始める。

「そんな身構えなくて大丈夫だから。いちゃもんつけに来たとかじゃないし」

「あ、そか……」

すると勝沼さんは、あからさまにホッとしたような顔になって肩の力を抜いた。その拍子に肩にかけていたタオルがずるりと地面に落ちて、慌ててそれを拾い上げる。

……にしても、ホント印象変わったよな、この子。

私の〝幼馴染《おさななじみ》化イベント〟の時とか「テメー喧嘩《けんか》売ってんのか!?　アァ!?」とかめっちゃイキられたのに。今じゃすっかり牙の抜けた狼——ううん、元々狼って感じじゃなかったか。なんだろ、牙の抜けたチワワとか？

そう考えると耕平《こうへい》の言う〝ポンコツ後輩キャラ〟ってのは言い得て妙だな……。

「えっと、それじゃあなんで？」

「あ、うん。その、まぁ……特にこれといって、ハッキリした用事があるわけじゃないんだけど。なんとなく、一回こうして話してみたくなって」

「は……？　え、急になんなん……？」

勝沼《かつぬま》さんは訝《いぶか》しそうな顔で首を傾《かし》げた。

まぁ、そうなるよね。私もよくわかってないし。

「まぁ、深い理由はないから。テキトーに雑談できればそれでいいし」

「いや、テキトーにって言われても……」

そわそわ、と落ち着きなく目を行ったり来たりさせる勝沼さん。

まぁでも、流石《さすが》に何かしら話題は提供しなきゃかな……。

私がどう切り出そうかと思案していると、勝沼さんが「あ！」と何かに思い至ったかのような声を上げた。

「つーかまさか、センパイの差し金かよ？」

嫌そうに眉《まゆ》を歪《ゆが》めながら返ってきた言葉に、思わずぴくりと耳が反応する。

ふーん……センパイ、ね。

改心したくせに、あいつのことまだそんな風に呼んでるのか。

「なんか聞き出してこいとか、またストーカーみてーなヤベーこと企んで——」

「いや、この件にあいつは関係ないから」

私がばっさり切るように返すと、勝沼さんはびくりと身を強張《こわば》らせた。

「てかさ、その呼び方、嫌味にしか聞こえないし、やめた方がいいんじゃん？　知らないけど」

「え……あっ……！」

しまった、というように両手で口を塞《ふさ》ぐ。

「浪人の理由、知ってるでしょ？　なのにそれを揶揄《やゆ》するような呼び方したら周りの印象もよくないいんじゃん？　知らないけど」

「ご、ごめん……」

しゅんと縮こまる姿を見て、ふと我に返る。

……ん、いけない。

ちょっと、強く言いすぎたかな……。

「で、でもさ！」

と、勝沼さんは、焦ったように手を振りながら喋《しゃべ》り始めた。

「違うんだよ！　別にその、アイツをバカにしたいワケじゃないってか……いやバカだとは思うけど、そういうんじゃなくて……」

「……」

まぁ、馬鹿《それ》には同意。

「な、なんか！　こう言うと、めっちゃ恥ずいけど！」

そして胸の前で、きゅっ、と両手を握り――。

「その……アイツがアタシのこと、すげーヤツだって認めてくれたから……アタシも、ちょっとは敬った方がいいかなー、って。でも敬語とか違う気がするし、だったらやっぱセンパイかなーって、ホントにそう思っただけで……」

どんどん尻すぼみになっていく言葉と、徐々に赤みを増してく頬《ほお》。

……聞いてるこっちも、なんか恥ずかしいな。

「だから……その……」

「……」

いや、でも――。

恥ずかしい、って思うのは。たぶん今の言葉に嘘《うそ》とか虚飾がなくて、本当に心からそう思ってる、ってことが伝わったから……なのかも。

……。

……そっか。

知らないうちに、耕平《こうへい》と勝沼《かつぬま》さんって、そんな関係になってたんだ。

「あ、そ。まぁ、耕平《とうにん》がＯＫっていうならＯＫなんじゃん？」

「お、おう」

「そもそも、私にどうこう言える話でもないしね」

私はぐしゃり、と後ろ髪を握ってから乱雑に払った。

……そうだ。

大前提、私には無関係な話だ。

呼び名とか接し方とか以前に、勝沼さんと耕平との間の話に、私が口を突っ込んでいい理由なんてないんだから。

なのに私は、余計なことを。まったく理性的でも合理的でもない。

そんな自分に不快感を覚えていると、勝沼さんは気まずげな顔になって口を開いた。

「いや、でも……アンタら、昔っからの馴染《なじ》みなんだよな」

「ん……」

「ならまぁ、そういうダチをバカにされてムカつく、って気持ちはわかるし。アタシもエイジがバカにされてたらキレるし」

首に巻いたタオルをぎゅっと掴《つか》んで俯《うつむ》く勝沼さん。

……あいつを馬鹿にされて、ムカついた？

私が？

いや、でも。

「そういうんじゃない、と思う。だって、ムカついていい理由、別にないし」

「……？」

そうだ。

そもそも、私とあいつの関係は、勝沼《かつぬま》さんと常葉《ときわ》君のようなちゃんとしたものじゃない。

ただの〝設定〟上の〝幼馴染《おさななじみ》〟であり、つまりは嘘《うそ》っぱちだ。

だから私が、いたずらに口を挟んでいい理由はない。腹を立てていい理由もない。

「ムカついていい、理由……？　え、ムカつくのに理由とかあんの……？」

ちんぷんかんぷん、という顔で首を傾《かし》げる勝沼さん。

……それもそっか。こっちの特殊な事情なんて、知るわけないんだし。

私は少し考えて、嘘をつかない程度の言い方で説明することにした。

「実は、さ……別にあいつと、常に親しくしてきたわけじゃないんだよね。中学の頃とか、会って話したりなんて一度もなかったし」

それは〝設定〟とも矛盾しない真実だ。中学だけじゃなくて、それ以前からゼロだけど。

「てかもう正直、ちょっと存在すら忘れてたっていうか。つまり実質的に高校が初対面みたいなものっていうか」

「は、はぁ……」

「だから私は、腹を立てたり文句を言っていい立場じゃないの。ちょっとだけ、人とは違う関わり合いがあったってだけの顔見知りがさ。急に出しゃばってあれこれ文句を言うとか……そんなの、変な話じゃん？」

勝沼さんは眉《まゆ》を「ハ」の字に歪《ゆが》めたまま、両手に持ったタオルで髪をわしゃわしゃと乱す。

「えー、あー、よくわかんね……つーか、全然わかんねーんだけどさ。つまりアレ？　ホントは大してセンパイと仲良くなかったけど、なのに急に友達面すんのはウザくね？　とか、そういう話？」

「まぁ……大雑把に言えばそんな感じ」

「でもそれ言ったらアタシだって、エイジとずっと仲良し、ってわけでもねーし。アイツが転校してから全然だったたし、てか中学ん時とかぶっちゃけ避けられてたし……」

……そう言えば、そんな話だったっけ。

「でもさ、今はフツーにダチっつか。そんならそれでもうよくね？」

勝沼さんは難しそうな顔のまま尋ねてくる。

そうじゃない……。

問題の本質は、そこにはないんだ。

「じゃあ……元の付き合いも、今の付き合いも。その全部が、空っぽなものの積み重ねだったとしても？」

「空っぽ……？」

「見た目だけ、上辺だけそれらしく取り繕ったもので。嘘《うそ》とか欺瞞《ぎまん》で作ってきた関係だったとしたら……そんなのは、友達でもなんでもないじゃん」

偽物は、いくら取り繕っても偽物だ。

偽物を元にして作られたものもまた偽物だ。

……だから、私には何もないままで。

あいつとの関係もまた、全部が嘘っぱちなのだ。

私がそんなことを考えながら黙っていると「ううー」という勝沼《かつぬま》さんの唸《うな》り声が聞こえた。

「やっぱわかんねー……」

……そっか。

やっぱり、こんな説明じゃわかってもらえないか。

「つかさぁ……自分がやってきたことに、ウソとかホントとかあんの？」

「……どういうこと？」

「いや……アタシはさ。ずっと、人のマネばっかしてきて、しかもそれ全部失敗して。だから、それ自体は間違ってたと思うけど」

でも、と。

勝沼さんはその瞳を、真っ直ぐにこちらに向けて。

「間違ってても意味なくても、アタシが実際にやってきたことはなくせなくね？」

——。

やってきたことは……なくせない？


「ううん、でも——」

私は何か引っかかるものを感じて、言葉を重ねる。

「どんなに積み重ねてきたって、それが全部失敗だったらさ、無意味でしょ？」

「いや、だから……さっきからナカミとかイミとか、それの何が大事なワケ？」

「……？」

よく……意味が、わからないな。

「えっと……だってさ。意味のないことをいくら繰り返したって、新しく意味が生まれるわけじゃないじゃん？　突然中身が湧いてくるわけでもなし」

「だからぁ……！」

ぐしゃっと前髪を握り、焦《じ》れた様子を見せる勝沼さん。

ええ……なんで理解できないんだ？

「わかった。じゃあ最大限わかりやすく言うと、元から0だったものにいくら0を足しても0のまま。1にも2にもならない。だよね？」

「いや逆にわかんねーよ！」

「いや、これ以上簡単に説明とかできないし……」

ああもう、こっちまで焦《じ》れてきた。

ていうか、さっきから全然話が噛《か》み合ってる気がしないんだけど。思考回路が違いすぎて、同じ日本語で話してるように思えない。

「何がわかんないの？　どこから？」

「最初から全部だよ全部！」

「なんだそれ。全部ってホントに理解する気――」

「だから！　さっきから！」

すると、勝沼《かつぬま》さんは。

もう完全にオーバーヒート、って感じに髪をぐしゃぐしゃと乱してから。

「リユウとかイミとか、そんなんどーでもいーだろ！　ムカついたらムカついた！　やってきたコトはやってきたコト！　それ以外にねーよ！」

ぐあーっ、と勢いよく捲《まく》し立てるように、言われた言葉。

呆気に取られた私の、心の隙間に。

それが、するっと入り込んできて。


――ピン、と。

何かが、一本、繋《つな》がる音がした。


「あっ……いや、そのっ」

ハッ、と急に我に返ったように口を塞《ふさ》ぐ勝沼さん。

私はまじまじと、その顔を見る。

お風呂上がりのその顔はすっぴんで、目は血走ってて、髪はぐしゃぐしゃで。

きっちり気合いを入れて整えた、華のあるいつもの見た目に比べたら、全く魅力的じゃないはずなのに。

なぜだか綺麗《きれい》で、大人びて見えた。


――それがたとえ。

偶然から始まったものでも。嘘《うそ》を元に作ってきたものでも。

中身のない、ハリボテだったとしても。

ハリボテとしてやってきたこと、それ自体は——。

そのまま、残ってる。

なかったことには、ならない。


「……そっか」

「ご、ごめん、つい勢いで怒鳴っちまって……！」

「ううん——」

そう……。

それは意味のある理由でも、正しい理屈でも何でもない。

ただ事実だけを元に、開き直ったようなものだけど——。

本当に、それだけで、いいんだとしたら。

それはすごく……気が、楽になる考え方だ。


『頭でっかちなんだよね、アヤノちゃんは』

……マスターが言ってた意味って、こういうことなのかな。

私は自嘲《じちょう》げに笑って「うん」と深く頷《うなず》く。

「ありがとう、勝沼《かつぬま》さん」

「……お、おぅ？」

「ちょっと参考になったかも」

「え……今ので？」

私は再びこくりと頷く。

勝沼さんは目をパチクリさせた後に「まぁ、ならいいんだけど……」と、照れたように顔を背けた。

「つか、さ……」

「ん？」

「もしかして、センパイとケンカでもしたのかよ？」

すると今度は、心配そうな声音で尋ねてきた。

「……喧嘩《けんか》」

「いや、だからずっとカンケーがどうこう気にしてんのかな、って」

耳たぶを触りながら、横目でチラリとこちらを見る勝沼さん。

別に……喧嘩をしたわけじゃない。

でも――。

「似たようなもの、なのかもね」

「……やっぱり。センパイ、今度はどんなエグいバカやったんだよ……？」

勝沼《かつぬま》さんは顔を引き攣《つ》らせながら言った。

ナチュラルに耕平《こうへい》が悪者にされてて、思わず笑ってしまう。

「つか、そんならさ……ほら、仲直りの手伝いくらいは、してもいいってか。さっさと借りは返しときたいし」

加えて、たどたどしくもそんな提案までしてくれた。

その気遣いに胸が温かくなって、思わず顔が綻《ほころ》ぶ。

でも――。

「ううん」

私は首を横に振ってから、勝沼さんの目を見る。

そしてはっきりと伝えた。

「あいつの馬鹿に付き合うこと――それだけは自信あるから、大丈夫」

間違いなく、それは。

これまで私が積み上げてきたものだって、断言できるから。

「──そか」

勝沼さんは、ぼんやりとした顔で頷《うなず》いて。

「なんか……いいな、そういうの」

それから羨《うらや》むような声音で、ぽつりと呟《つぶや》いたのだった。

「あっ、いや！　喧嘩《けんか》してんのがいいとか、そういうことじゃなくて！」

「大丈夫、それはわかるから」

慌てて補足する勝沼さんに苦笑しながら返す。

ほんと、ころころ忙《せわ》しなく反応が変わる子だ。ずっとそれでよく疲れないな。

私はそんなことを思いながら、スマホを取り出して時計をチェックする。そろそろ、立ち去った方がよさそうな時間だ。

「とにかくありがとう。それ、よければ飲んで。前に好きだって言ってたよね？」

そう言って、私はベンチに置きっぱなしになっていたいちご牛乳を指さす。

「1本だけだし、足りないかもだけど」

「いや、足りなくはねーけどさ……」

「ん、そう？　私もう2本目なんだけど」

「マジかよ、飲み過ぎじゃんそれ。口の中甘すぎて死ぬわ」

うえ、と舌を出して嫌がられた。

そうかな……だとしたら、我が家は毎日死人が出てることになるけどな。

私は自分の分を飲み干してから立ち上がる。

「時間取らせてごめん。それじゃ」

「あ、それとさ！」

「ん？」

と、去りかけたところで呼び止められる。

「その……勝沼《かつぬま》サン、って言い方、やめてくんない？」

「え……なんで？」

「いや、なんかキモチわりぃんだよね……。ウチさ、めっちゃド田舎で、周りみんな勝沼だから、名前でしか呼ばれたことなくって」

どこか気恥ずかしそうに、タオルを両手でわしゃわしゃと握る勝沼さん。

あぁ、なんか耕平《こうへい》も言ってたっけ。どの家が彼女の家かわかんなかった、とか。

「クラスの連中も、だいたいみんなそう呼ぶし。まぁ、無理にとは言わねーけど……」

頬《ほお》を掻《か》きながら、ちらちらと流し目を向けてくる。

まぁ、そういうことなら別にいっか。

じゃあ——。

「おっけ。じゃあ、あゆみで」

「ん。えっと……ウエノハラ、さん？」

「……なんでそっちは敬語？」

「えっ？　だ、だってホラ！　アタシとは事情が違うだろーし、いきなし呼び捨てはシツレイかなー、とか……」

あたふた、と急にしどろもどろになる勝――あゆみ。

さっきから不器用極まりないその振る舞いが、一周回って可愛《かわい》らしく思えてきて、思わず頬が綻《ほころ》む。

……ちょっと、納得した。

あいつはきっと、こういう気持ちになったから、この子を〝計画〟に入れようと思ったんだろうな。

これなら〝ヒロイン〟と冠を付けたくなっても、無理はないのかもしれない。

――ちくり。

「……？」

あれ、なんだろう。
すっきりしたはずの胸が、少しだけ痛みを覚えた気がした。

第二章 〝有能イケメンキャラ〟ではない鳥沢翔

Who decided that I can't do romantic comedy in reality?

合宿、2日目。

お決まりの間の抜けたチャイム音とともに、午前の自習時間が終了した。

「よーし、後ろから順に食堂行けー！　ちゃんと1時までには帰ってこいよー！」

一気に騒々しくなった室内を、先生の大声が響き渡る。

ガタガタとパイプ椅子が奏でる音を聞きながら、俺も席を立った。

「常葉《ときわ》？　昼だぞ……？」

だがそんな中、ぼーっと課題集に目を落としたまま、一向に立ち上がろうとしない常葉が目に入る。

「常葉？」

「あっ、うん。メシだメシー！」

二度目の呼びかけでやっと気づいたらしく、ガタンと勢いよく椅子を撥《は》ね除《の》けて立ち上がる。

そしてそのまま、俺を置いてそそくさと歩いていってしまった。

……まさに上の空、って感じだな。

メシの時間に反応しないなんて、全く常葉らしくない。

今日は朝からずっとあんな調子だった。自習中も集中できていないようで、プリントをめくったり戻したりを繰り返すだけの場面も多々あった。

やっぱり、昨晩の鳥沢《とりさわ》との衝突が原因なんだろうが……。

俺は人混みに飲まれるように消えていく常葉《ときわ》と、遠くの席でつまらなそうに頬杖《ほおづえ》を突いている鳥沢を見て、昨日のことを思い起こす。

『そのまま、妥協を続けてみろ。じきにお前は、何一つ満足でき、な、く、なる』

『そんなことないって！』

そう断言した鳥沢と、柄《がら》にもなく声を荒らげた常葉。

あれから二人は、一度も会話をしていない。険悪な雰囲気とまではいかないが、特に常葉の方が距離を取っているように見えた。

そもそも鳥沢は、どうして急に常葉に食ってかかったんだ？

それに常葉は、鳥沢の言葉をどう受け取って、あんな風に取り乱したんだ？

あのやり取りだけで二人の真意を読み取ることはできない。推測の手助けになるような情報《データ》も、今の俺にはひとつもない。

だから、真相を明らかにするためには……。

直接、当人たちに聞いてみるしかなかった。

――それを調査して、どうするつもりだ？


ふとそんな自問が脳裏を過《よぎ》り、俺は勝手に進み始めていた足を止めた。

そうだ……それを知って、どうするんだ。

仲直りでもさせるつもりか？

そんなのは、余計なお節介なんじゃないか？　部外者の俺が、当人同士の問題に口を出すのは迷惑なだけなんじゃないか？

そもそも、その行動は――〝主人公〟としての関わり方じゃ、ないのか？

……。

……そう、だな。

今回の件に、俺は無関係だ。興味本位で首を突っ込んでいい理由はない。

大丈夫だ。俺が何もしなくても、そのうちにどうにかなる。二人で話し合って解決するのかもしれないし、なぁなぁでなかったことになるかもしれない。

もし……。

もし、これで二人の関係が、悪化したままに終わったとしても。

仕方が……ないことなんだ。

そうとも。

それがきっと、〝普通〟の選択で──。

「長坂《ながさか》」


「あっ、えっ、鳥沢《とりさわ》……!?」

ハッと顔を上げ、声のした方を向く。

知らぬ間に、手が届くくらいの距離に鳥沢の長身がある。

い、いつの間に……?　くそ、ぼんやりしすぎてた！

焦る俺をよそに、鳥沢は無表情のままトンと肩を叩《たた》いてきた。

「メシの後、顔貸してくれ。中庭にいる」

え……？

用件を告げるなり、すぐに背を向け歩き始める。

……あっ、いやっ！　待った！

「と、鳥沢！　ちょっと──」

俺が呼び止めようと手を伸ばすと、鳥沢は顔半分がこちらに向けて。

「昨日のアレを気にしてんだろ？　その理由を教えてやる」

そう言い残し、立ち止まることなく去っていった。

俺は中途半端に伸ばした、行き場のない手をそのままに、ぽつりと呟《つぶや》く。

「……どうして、俺を関わらせようとするんだ……」

◆

昼食を済ませた俺は、とぼとぼと中庭に向けて歩いている。

最初はスルーしようかとも考えたが……向こうから会話を持ちかけられたなら、別に断る必要はない。こっちから働きかけたわけじゃなければ、問題はないはずだ。

第一、調査を目的にしなきゃいい。ただ雑談として、友達の話を聞くだけなら、それは普通の範疇《はんちゅう》だろう――。

そんなことを自分に言い聞かせながら、中庭に至るドアを押し開ける。

サッ、と中に吹き込む夏の風と、急にボリュームを上げる蝉の声。天気は相変わらず快晴なようで、強い日差しが中庭の木々を青々と輝かせていた。食休みのためか、周囲にはチラホラと人影がある。

鳥沢は……と、あそこか。

中庭の一番奥。東屋のような屋根付きのベンチに腰掛けている姿を見つけた。その腕には、いつものようにギターを抱《かか》えている。

俺は一度深呼吸をしてから、その場所に足を踏み入れた。

「……来たよ」

「よう」

俺が声をかけると、鳥沢《とりさわ》は顔を上げて答える。

そして僅《わず》かに横にズレると、ベンチの上に置かれていたメンテナンス用品を除けた。

「まぁ座れ。それなりに話すことになるかもしんねーからな」

促されるまま、鳥沢の横——より、少しだけ離れたところに座った。

鳥沢はいつかのようにギターを磨いているようだ。普段使いするギターじゃないはずだが、手入れは行き届いているらしくピカピカだった。

しばしの沈黙の後——。

「まず最初に言っておく。常葉《ときわ》だが、あいつは清里と繋がってんぞ」

「きっ……!?」

唐突に告げられたその名前に、思わず悲鳴のような声を上げてしまった。

「いや、うまく誘導されてるが近いか。常葉《ヤツ》は良くも悪くも人がよすぎるからな。大方、なんかのタイミングで心の隙でも突かれたんだろ」

誘導？　心の隙を突く……？

い、いやっ！

それよりもなんで、このタイミングで、清里《かのじょ》さんの名前が出てくるんだ⁉

俺が予想だにしなかった話の運びに目を白黒させていると、鳥沢はチラとこちらを見てから息を吐いた。

「その反応でお前の体調不良の原因は見えたな……清里《アイツ》とやりあったんだろ」

「……ッ！」

「まぁ、いつかはそうなるんじゃねーかとは思ってたがな」

「えっ……⁉　ど、どど、どうい う……⁉」

「まずは落ち着け。ちゃんと説明してやる」

どもりまくる俺を片手で制する鳥沢。

そ、そうだ、まずは落ち着け。深呼吸だ、深呼吸……。

何度か息を吸って吐いてして、心拍数が戻ってきたところで鳥沢が口を開く。

「選挙が終わって、お前に合流する前のことだ。教室で、常葉と清里《きよさと》が話してるのを見かけた」

選挙の後……合流前？

っていうと、俺がトシキョーに無茶振りされた片付けを鳥沢に手伝ってもらう前の話、ってことか……？

あの時、一般生徒は教室で待機の指示が出ていた。生徒会関係者とか、俺みたいな特例を除けば、みんな教室にいたはずだ。

「でも、二人が話すことなんてよくあることじゃ……」

「それだけならな。だがその後、清里《ヤツ》が人目を忍ぶように出ていくなり、常葉《ときわ》はしきりに周囲を気にする素振りを見せ始めた。だれかが追いかけねーか見張ってる、って感じでよ」

鳥沢《とりさわ》はふん、と鼻を鳴らして続ける。

「実際、俺が部屋を出ようとしたら『待機してなきゃ課題増やされるらしいよー』なんつー理由で止められた。便所だ、って誤魔化したけどな」

「そ、そんなことが……」

もしかして、俺との会話を邪魔されないようにって、対策のつもりで……？

「あの時、教室にいなかったのはお前だけ。そんで常葉の監視するみてーな振る舞い。色々とクセー動きに思えた。だから俺は、お前んとこに様子を見に行くことにしたってわけだ」

ってことは、あの時、鳥沢と行き合ったのも偶然じゃなかったのか……。

「だが、お前に変わった様子はねぇ。そんなら別の方か、つって移動したんだが――」

「別の方……？」

「生徒会。いや、厳密には幸さんだな。清里《ヤツ》はあの人にもちょっかい出してただろ」

「え、そ、そうなのか……!?」

いや、でも……清里さんと幸さん《ふたり》は元々面識があったし、俺が知らないところでやりとりしてた可能性はある、のか。

「まぁつーわけで、幸《さち》さんとこに行って話を聞いてみたが……ちょうど行き違いだったみてーでな。そっから清里《きよさと》の消息は途絶え、さらに不信任騒動のゴタゴタで有耶無耶《うやむや》だ」

両手を天に向け、肩を竦《すく》める鳥沢。

それから考え込むように僅《わず》かに目を細める。

「だが、そうか……結局、長坂《ながさか》が本命だったたっつーことは、俺が校内をウロウロしてる間にまんまと本丸を落とされたわけだ」

「……」

「最初からお前んとこに直行しなかったのも、俺を引っかけるためのブラフか？　となれば、全部清里《ヤツ》の手のひらの上で転がされていたってことになるな」

チッ、と舌打ちする鳥沢。

「ますます癪に障る。そんな芸当のできるぶっ飛んだヤツが、長坂《コイツ》と真逆に突っ走って何がしてーんだ、クソが」

珍しく言葉にまで出して憤《いきどお》る鳥沢を見て、俺はごくりと唾《つば》を飲み込む。

いや、それよりも——。

「と、鳥沢は……」

「あん？」

「き、清里さんが、その……俺と対立してるかもって、いつから……？」

「最初からだ」

ぽかん、と口を開けて惚《ほう》ける俺。

「最初、って……？」

「最初は最初だ。入学直後から、あいつは異様だっただろうが」

異様……。

「ヤツは何かにつけ、完璧に半端なことをやろうとしてた。他人との距離の取り方、振る舞い方、テメーの印象のコントロールに至るまでな。常に最高を選ぼうとしてたお前とは正反対だ」

苛立《いらだ》たしげな様子のままそう答え、鳥沢《とりさわ》は続ける。

「それがずっと気に食わねーと思ってたが、そう易々《やすやす》と考えを曲げるタマにゃ見えねー。いちいち構ってられるほど暇でもねー。だから腹の内を曝け出すまで放っといた」

「え……？　じゃ、じゃあ鳥沢は、清里《きよさと》さんが何か抱《かか》えてるってずっと知ってて、泳がせてたってこと……!?」

「そこまで上等なもんじゃねーけどな。表に出てこねー限りはどうすることもできなかっただけだ」

向こうは向こうで俺を警戒してやがったからな、と続ける鳥沢。

し、知らない間に、どんだけ高度な読み合いを……。

俺は背筋に冷たいものを感じて、ぶるっと身震いする。

鳥沢はふっ、とギターヘッドに息を吹きかけゴミを飛ばした。

「――話を戻すが。常葉《ときわ》は、その清里に乗せられてる。だからあいつの言動は、全部お前の真逆に働くようになってるってことだ。いちいち間に受けるな」

「そんな……だから鳥沢は、あえて常葉を攻撃するようなことを？」

全部、清里さんの思い通りにさせないために、ってことなのか？

いやでもそれにしちゃ、言い方がキツかったような……。

俺の問いを受けて、鳥沢は一度黙り込む。

「まぁ……それもあるが、な」

「……？」

と。

珍しく曖昧《あいまい》な言い方で、鳥沢が呟《つぶや》く。

そしてギターを触る手を止めて、こちらを流し見た。

「前に枠が見えるっつー話はしたな」

「え？　あ、うん……？」

急に話が切り替わり、俺は困惑する。

「俺には大抵のことが読める。だから常に、行き着く先を察しちまう。そこが限界、これが最高っつー感じでな」

つまりだ、と鳥沢《とりさわ》は。

「それは何事も、本当の意味で本気《マジ》にはなれねー、ってことでもある」

本当の意味での、本気……？

抽象的な物言いに首を傾《かし》げていると、鳥沢は目を細め、遠くを見ながら語り始める。

「昔からな。ウチの親は、とかくガキを管理したがる連中だった」

……生い立ちの話、か？

俺が鳥沢の過去について知ってることは、そう多くない。元々他人にその手の話をするタイプじゃないし、幼馴染《おさななじみ》のような関係の友人もいなかったからだ。

わかっていることは家族構成くらい。ご両親が役所勤めで、３つ年上のお姉さんがいるってことだけだ。

「小学生の頃から、やれ習い事だ、やれ塾だと、そういうのを強制的にさせられてきた。『将来のために』『あとで後悔しないために』ってお題目でな」

「……」

「そんで、それがマジでガキのためになると思って疑ってねー。当人が何を思おうが、何を言おうがお構いなしだ」

淡白な物言いで、鳥沢は続ける。

「姉貴はしょっちゅう反発して喧嘩《けんか》してたが……俺は、とっとと諦めた。『ワガママなんざ言うだけ無駄』ってな」

諦めた――。

不意に聞こえたそのフレーズに、胸がきゅっと締め付けられたような気分になって、俺は思わず顔を背ける。

「まぁ実際のとこ、大した手間でもなかった。テキトーに流したとしても、親が満足できる程度にゃ結果は残せたしな。他にどうしてもやりてーことがあったわけでもねーし」

だが、と鳥沢は。

「中学に上がった時に……コイツに出会っちまってな」

ぽん、と優しくギターを叩《たた》く。

なんとなく、その相貌《そうぼう》が柔らかくなったように見えた。

「コイツに触ってる間だけは、くだらねーしがらみを考えなくて済んだ。俺が初めて、マトモに通用しなかったモンだったからな」

……そうか。

今まで何でもそつなくこなせたからこそ、思うようにいかない音楽に惹《ひ》かれたんだな……。

何でも平凡だった俺とは真逆だけど、なんとなくその考えは理解できる。

手に入らないと思うものほど、欲しくなるものだから。

「だが、うちの親が『将来は音楽で食ってきたい』なんつったところで納得するはずもない。猛反対されて終わりだ」

――と。

不意に、鳥沢《とりさわ》はその顔を険しくした。

「だからうまいこと理屈をつけて、誤魔化しながらやってきた。『音楽は遊びだ』とか『勉強にも息抜きは必要』とかな」

そう語る声には、また苛立《いらだ》ちの色が含まれている。

「そうやって親の目を盗みながら練習して、何かしら結果が出た後で譲歩を迫る――と、そう動いた方がいい。実際、それが中坊《ガキ》にできる最善の方法だろ?」

鳥沢にしては珍しく、捲《まく》し立てるようにそう語る。

「だがな」

そして、その眉間《みけん》に厳しく皺《しわ》を寄せて。

「それはあくまで、現実的な範囲での最善だ。本当の最善っつーのは『俺はマジで音楽をやる。周りが反対しようが関係ねぇ』ってゴリ押しすることだから、な」

ギリ、と。

歯軋《ぎし》りの、音。

「騙《だま》し騙しの活動なんざ、どう上手くやっても限界がある。ガチで音楽で食ってく覚悟なら、親をぶん殴って認めさせるなり、家を飛び出すなりしてそれ一本に集中できる環境を作った方がいいに決まってる」

「……」

「なのに俺が、そうできなかったのは——」

そうして、鳥沢は。

憎々しげに、ギターを見下ろして。

「俺が……俺の可能性を信じきれなかった、っつーことだ。俺には、自分が音楽で成功するって確証が見えなかった。だからそれだけに賭けることが、できなかった」

あぁ——。

もしかして。

「結局俺は、自分って枠からも、現実の枠からも出られなかった。その枠の中でいくら最善を尽くそうが『もっとマジになれる方法があるはず』って思考は常に付き纏《まと》う」

「鳥沢《とりさわ》……」

「そうすっと絶対に満足はできねーんだ。妥協して、現実と折り合いをつけたら、その時点でおしまいなんだよ」

そこまで一気に話して、鳥沢は一度言葉を切った。

「……常葉《ときわ》のヤツは、今ちょうどそこにいやがる。だからその先がどうなるか、ってことを教えてやっただけだ。経験者として、な」

ああ……。

やっぱり。

俺は、それで理解する。

——鳥沢の苛立《いらだ》ち。

今の常葉に対する、その感情は。

かつての自分にも向けられていたんだ——ってことを。

「そしてそれは——」

不意に、鳥沢と目が合い。

「今のお前にも言えるんじゃねーのか？」

ざくり、と。

そのまま、鋭く差し込まれるように放たれたその言葉に、体がビクリと萎縮《いしゅく》した。

……。

……俺、は。

「でも――」

射抜くような視線に耐え切れず目を逸《そ》らし、言い訳をするかのように喋《しゃべ》り始める。

「でも、さ……理想を目指して頑張ったとしても、自分を信じて頑張ったとしても。いやむしろ、自分らしく頑張る限り失敗するんだ、って知ってしまったとしたら」

「……」

「そのせいで、最後にはみんな不幸にしてしまうんだとしたら」

「…………」

「それが、この現実の仕組みだっていうのなら……諦めなきゃ、ダメじゃないか」


俺の理想は――〝ラブコメ実現計画〟は。

続ければ続けるほど、目指せば目指すほど。

周りを巻き込んで、傷つけて、最後には失ってしまうんだ。

そういう仕組みなんだ。

それが、現実なんだ。


「……ふん」

俺の問いに、鳥沢《とりさわ》は鼻を鳴らし。

そして。


「それを、お前が言うかよ」


「……え？」

俺が呆《ほう》けた顔で鳥沢の方を見ると、ちっ、と舌打ちを返された。

「俺はな。ついこの間、親に言ってやった」

「……？」

「『高3の夏までにプロの舞台で結果を出す。それまでに芽が出なけりゃすっぱり諦めて受験に切り替える。それまでは何しても文句言うな』ってな」

――！

「んで『認めねーなら高校辞めて家を出る』ってな」

「えっ……！　や、辞めちゃうの!?」

「安心しろ、脅しだ。そう言っちまえば向こうも条件を飲まざるを得ねーだろ」

そ、そうか、びっくりした……。

鳥沢は広げたメンテナンス用品を片付けながら続ける。

「当然、結果を出せる保障はねー。どれだけ努力しようが実力があろうが、運がなきゃ生き残れねー業界でもある」

「な、なら何で……」

するとと鳥沢は、俺の目を真っ直ぐに見て。

「俺は、できねーこ、と、こ、とでもや、やりゃ、できる、っつーのを知っちまったからな。どっかの馬鹿に、不可能なスケジュールで曲作りをさせられたせいで、な」

……あ。

それ、は。

幸《さち》さんを説得する時の――。

ジジジ、とギターケースのファスナーを閉じて、鳥沢《とりさわ》は言う。

「だから俺は、テメーの逃げ道を封じた。確証だのなんだの考えて動けねーんなら、動くしかねー状況に追い込んじまえばいい、ってな」

「――」

「そうすりゃ枠なんて関係なしに、なんとしてでも実現するしかねーだろ」

そしてギターケースを手に立ち上がる。

「それを俺に気づかせたクソ馬鹿がよ。失敗が確定した程度で立ち止まっててどうすんだ、らしくねー」

言ってから、鳥沢は。

一歩、足を踏み出して。

「道理を捻《ね》じ伏せてやり遂げるのがお前の専売特許だろうが。『不可能だって現実の方が間違ってる』つってな」

こんなとこで折れるんじゃねーよ、と。
発破とも、叱責《しっせき》とも取れる一言を残して、この場から立ち去った。

舞台裏

ケース2 〝第二生徒会長ヒロイン〟

合宿、2日目の夜。

私は自分の入浴時間を終えて部屋に戻り、ドライヤーもほどほどに大浴場の方へと引き返す。

未だ乾き切っていない髪をポニーテールに結って、ふぅと息を吐いた。

昨日も思ったけど、もう少し入浴時間を長くしてほしい。髪に体にと洗ってるうちに時間を使っちゃって、せっかくの温泉を味わう暇もない。長風呂派だから余計そう思うのかもしれないけど。

そう心の中で愚痴りながら、足早に昨日と同じ待ち伏せスポットに向かう。タイミング的に、もう2年生の入浴時間が始まっているはずだった。

先輩たちの部屋が別棟に割り振られているせいで、ターゲットの部屋番号はわからない。なるべく早くに現地で待機していないと、行き違いになってしまう可能性がある。

……それにしても『はず』とか『わからない』が多くてなんだか落ち着かないな……せめて遭遇確率くらいわかってればいいんだけど。

と、そんなことを考えてしまった自分に気づくなり苦笑する。

完全にあいつの情報《データ》に浸かり切ってる証拠だな、これ。遭遇確率ってなんだそれ。

でもまぁ、これもまた、自分が積み重ねてきたことの証明になるのかな。

だからどうしたって話ではあるし、むしろどんどん思考回路がおかしくなってるよね、って感じだけど……なんとなく、悪い気はしなかった。

私は階段の最後の2段をひょいと飛び越えて床に降り立ち、中庭前の廊下に出る曲がり角に差し掛かる。

と、そこで――。


「――あれ？　上野原《うえのはら》ちゃん？」


ちょうどすれ違ったその人に名前を呼ばれて、振り返る。

そこには――。

「……こんばんは。お久しぶりです、日野春《ひのはる》先輩」

「うん、久しぶり！」

長い黒髪を一つにまとめた、半袖《そで》ジャージ姿のターゲット――。

日野春幸《さち》先輩が、パッと嬉しそうに笑った。

温泉の効果か、大人びて整った顔はいつも以上に肌のハリがいい。肩口に垂らされた黒髪はツヤツヤで、頬《ほお》はほのかに上気して赤みがかっている。

ただ、なんだろう。その笑顔がどこか子どもじみて見えるせいで、色っぽいという印象にはならなかった。

……この人も、ちょっと雰囲気変わったかな。

私の記憶にある彼女は、もう少しお淑《しと》やかに笑っているイメージだった。少なくとも、こんな風に口を開けて笑う人じゃなかったはずだ。

となると、やっぱり――。

あゆみと同じように、耕平《こうへい》の〝計画〟で変わった、ってことなんだろうな。

つまり、もしかしたら……二人の関係も。

私が情報《データ》上で知っているものとは、違うものになっているのかもしれない。

「えっと……」

なんとなくもやっとした感覚を抱きつつも、私は先輩の前に立つ。

……何はともあれ、だ。

ギリギリではあったけど、なんとか行き合うことはできた。

見たところ一人のようだし、昨日みたいに中庭に誘ってみよう。

「よろしければちょっと――」

「そうそう、ちょうどよかった！」

――お話を、と。

そう提案しようとしたところで、突然遮《さえぎ》られた。

「ちょっとさ、一緒に来てくれる？」

「え？　あの」

ぐいっ、と詰め寄られる形で接近されて、思わずたじろぐ。

「いいからいいから。損はさせないよ！」

それからがっしり腕をロックされ、グイグイと引っ張られていく。

こちらの目論見がノータイムで打ち砕かれ、呆気に取られながらぽつりと思う。

……やっぱり、この人は。

雰囲気が変わったところで、苦手なタイプのままだ。

◆

そのまま、ロビー近くの自販機エリアにまで連れてこられた。両壁にジュースやお酒の自販機が立ち並ぶ、半個室のようになった場所だ。

そこで私は、日野春《ひのはる》先輩の隣に並んで立っていた。念のため、入り口から見たら日野春先輩で隠れるような位置に陣取っている。

一応ここも奥まった場所にあるスペースだから、人目にはつきにくい。結果オーライではあるけど、せめて事前にどこに行くかくらい教えてほしかった。

「んー！　やっぱお風呂上がりには牛乳《コレ》だよねー！」

ぷはぁ、と腰に手を当てるお決まりポーズで牛乳を呷《あお》る日野春《ひのはる》先輩。

ちなみに私の手の中に、同じものがもう一本。

「えっと……これは、どういう？」

「あ、もしかして牛乳嫌い？　他のがよかった？」

「いえ、そういうことじゃなくて……」

ていうかそれ、押し付ける前に聞くことじゃない？　私が嫌いだって言ったらどうするつもりなんだ。

私はじとりと目を細めて見るが、先輩は気にする風もなく、腰を反らせてぐびぐび牛乳を飲んでいる。

あとどうでもいいけど、その軽装でそのポーズはやめた方がいいと思う。何とは言わないけど強調されるから。いやほんとどうでもいいけど。

「ふぅ……それはね、この前のお詫びだよ」

「この前のお詫び……？」

先輩は口元を軽く拭《ぬぐ》ってから、少しだけ気まずそうに笑う。

「ほら、選挙の前にさ。ウチが塩崎《しおざき》君と施錠確認に回ってた時、ちょっとだけ話したでしょ？　その時、ちょっと強く当たっちゃったかなー、って思ってたから」

　ごめんね、と謝る先輩。

　ああ、あの時――。


『私は、頑張ってきた長坂君《かれ》を知ってるから、すごいな、って認めてる。上野原《うえのはら》ちゃんは、昔から近くにいるから、わからないかもだけど』

『やだな先輩。急にマジにならないでくださいよ』


　――アレの時、か。

　連鎖的に、当時の自分のみっともない対応が思い出され、私は自責の念に駆られた。

「……いえ、こちらこそ。あの時はちょっと、嫌味だったかもしれないです」

「じゃあこれでおあいこね！」

　にこっ、と先輩はサッパリと笑って続ける。

「あー、すっきりした。ここのとこ忙しくて全然会えなかったからさ。今度見つけたら速攻でお詫びしなきゃ、って思ってたの」

「そう、ですか」

……こっちが避けてた、っていうのもあったとは思うけど、ね。

まぁ、それはさておき――。

私は貰《もら》った牛乳を近くの台の上に置いて、意識を切り替える。

「ちなみに……忙しかったっていうのは、やっぱ選挙絡みのゴタゴタですか？」

「あー、うん」

瓶を持っていない方の手で頬《ほお》を掻《か》きながら、日野春《ひのはる》先輩は苦笑する。

私が塩崎《しおざき》先輩に調査《聞いた》した限りだと、やり直し選挙の混乱で、生徒会内部はかなりゴタついたらしい。先輩からの引き継ぎが遅れたり、夏休み前に終えるはずの学園祭関係の準備が間に合わなかったりと散々だったようだ。そのせいで、塩崎先輩たち生徒会メンバーはこの合宿に参加できず、今も学校で仕事に追われているらしい。

日野春先輩も、十島《とおしま》先生に駆り出されてフォローに奔走してたとかなんとか。

「そう言えば塩崎先輩、先生たちに公約の見直しを迫られたって聞きましたけど……？」

「あぁ、あったあった。まぁ、とりあえずウチが職員室に乗り込んで論破しといたけど」

「……乗り込んで、論破」

「だって選挙結果との関連性が謎すぎるもん。『憶測で生徒自治に介入するのは色々どうなの？』って」

……すごいことするな、この人。

続けて先輩は「あ、そういえば」と思い出したように言う。

「大月《おおつき》ちゃんの方も片付いたよ。心配してくれてたんだよね？」

「あ、はい。まぁ……」

といっても軽く状況を確認《ちょうさ》しただけで、何も手は出せなかったんだけど。耕平《こうへい》があんな調子だし……。

「一部の保護者が横槍入れてきたみたいだからさ。『文句があるなら正規の手順に則《のっと》ってPTA総会に議題として出せ』って伝えてもらう形で解決させたんだ」

「え……それで解決するんですか？　むしろ大事《おおごと》になってる気が」

「ううん、その手のモン――こほん、保護者の方ってさ。いざ大事になると途端に尻すぼみになるんだよね。結果的に『今後はもっと注意するように』みたいなお小言で終わったよ」

「は、はぁ……」

「そもそも自分たちはさー。交通誘導のボランティア渋ったり、ＰＴＡ役員拒否ったりしてるくせにさー。文句だけ言っていい道理ないじゃん、ってね」

先輩はふん、と鼻を鳴らす。

……ごめん、さっきの撤回。エグいことするな、この人。

硬軟併せ持った政治力っていうか、手段を選ばず押し通す突破力っていうか……その辺は耕平よりも性質《タチ》が悪そうだ。

先輩は空になった瓶を自販機横のゴミ箱に捨ててから「はぁ」と息を吐く。

「まぁ、とはいえ……ウチらとしてもさ。『そんな甘くはないよね』って思ったのは事実かな」

「……甘くない、ですか？」

「やっぱりね。どこかで自分たちの想いは自然と伝わるはずって過信しちゃってたんだと思う」

「……」

「思うようにうまくいかなかったのは、ウチらが考える楽しさを全校生徒にまで広げられなかったのが原因なんじゃないかな、って。自分たちが楽しかっただけで、それに他の生徒を巻き込めなかったっていうか」

そう反省点を挙げる先輩は、前を向いてハキハキと話している。

「ただウチも塩崎《しおざき》君も、大月《おおつき》ちゃんだって後悔はしてないし。これも経験の一つって感じだよ」

そうさっぱりした顔で言い切った先輩に、私はなんとなく違和感を覚えた。

……もうちょっと、臆病な人だと思ってたんだけどな。

耕平《こうへい》の働きかけによって吹っ切れた、というのは情報《データ》で知っていたし、このノリが本来の彼女だというのも理解はできる。

でもほんの少し前までは、もっと周りの目を気にして、他人に嫌われてしまわないかを恐れていたはず。それが急にここまでメンタルが強くなれるものなんだろうか？　単に開き直ってるだけ？

「……先輩、結構平気そうですね」

気になった私は、そのまま尋ねてみることにした。

「うん？　平気って？」

「その、もっとへコんでそうなイメージだったので」

先輩は目をパチクリとさせたあと「あはは」と笑って肩を竦《すく》めた。

「当然、びっくりはしたけどね。『うちの生徒ってそこまで冷めてたの？』とか『いくらなんでも無関心すぎ！』って怒ったりもしたし」

それに、と。

先輩は少しだけ憂いを帯びたトーンになって。

「せっかく、第二生徒会に興味を持ってくれた人がいたのにさ。選挙の後に『やっぱやめます』って言われちゃったのは……ちょっとキツかったかな」

「なのに、なんでそんな早く復活できたんですか？」

すると先輩は、私の方を見てはっきり「うん」と頷《うなず》く。

「『だからってへコんでる暇とかないよね』って思ったんだよ。せっかく耕平君がさ、ウチが好きにできる環境を整えてくれたんだから、それに応えなきゃ嘘《うそ》じゃん、って」

そう、力強く言い放った先輩の目に、迷いは見られない。

虚勢を張っているわけじゃなくて、心底そう思ってる――。

そのことが、はっきりと伝わってきた。

「……強い人だったんですね、先輩」

その真っ直ぐな瞳に見つめられて、どうしてか責められているような気分になって、私は思わず目を逸《そ》らす。

きっと……先輩のこういうところが、耕平《こうへい》が見つけたこの、人、ら、し、さ、だったんだろう。逆境にも負けない。むしろ撥《は》ね除《の》けて見せるという、ブレない力強さ。

そういうところは――。

耕平《あいつ》と、よく似てるんだな、と思った。


「ううん、全然強くなんてないよ？」


――でも。

日野春《ひのはる》先輩は首を傾《かし》げながら否定した。


「え……？」

「んー、強くありたい、とは常々思ってるけどね。でも根っこはよわよわのまんま」

やっぱ人に拒否られたりは嫌だし、と先輩。

「ならどうして平気なんですか……？」

「うん。そんなダメダメなウチが、こうやって無茶できるのはさ——」

そう言うと、先輩は。

体ごと、こちらに向き直して。

「耕、耕平君が支えてくれる、って約束してくれたからだよ」


そう——。

少し、恥ずかしげに。

照れたように、笑いながら。

でも、強い信頼を感じさせる口調で、言い切った。


——不意に。

胸が、ざわつく。

「だれか一人でも絶対味方してくれる人がいるってさ、すごい心強いよね！　なんかめっちゃパワー出る感じ！」

「そう……です、か」

言いようのない、嫌な感覚が、ぞわぞわ湧いてくる。

なんだろう……この感じ。

なんか、すごく、落ち着かない。

「あいつは……先輩に、そんなことを」

「うん！　今までなんでもかんでも自分一人でやってきたけど、やっぱ同じ目線で同じように考えてくれるパートナーがいるってなると全然違うんだなぁ、って」

「……」

同じ目線の、パートナー。

「だから怖くても怖くないの。失敗しても負けるもんか、って思えるんだよ」

「…………」

「ただもちろん、支えられっぱなしはよくないからさ。ウチはウチで、耕平君を手助けしてあげるって契約で――」


――あ。

それを聞いて、私は。

その可能性に、思い至ってしまった。

──もしかして、あいつ、は。

日野春《ひのはる》先輩を。

新しい〝共犯者〟に選んだ、の……？

「でもウチはね──で──って思ってて──」

「──」

そう、だ……。

それなら、辻褄《つじつま》は合う。

だって日野春先輩なら、きっと耕平《こうへい》の無茶にも付いていける。どこまでも、同じスピードで歩いていける。

裏でせせこましく動かなくても。表舞台に並んで、堂々と。

取ってつけたような〝設定〟なんかなくったって、きっと。

そう、だから――。


もう〝計画〟は、必要なくなった。

舞台裏の準備なんて、する意味がなくなった。


つまり。

――私が、必要なくなった。


「だからさ。これからも――」

「いえ、もうわかりました」

話を強引に打ち切って、私は身を翻《ひるがえ》す。


これ以上話しても、私にメリットはない。

役立つ情報なんて、出てくるわけがない。

だから、もう。

……聞きたくない。

「ごめんなさい、さよなら」

「わ、っとと」

すれ違いざまに先輩の肩にぶつかったが、構わず私はロビーに戻る。

「あっ、上野原《うえのはら》ちゃん！」

背中に投げかけられる言葉を振り切るように、さらにスピードを上げようとして——。

「だからこれからも！　耕平君を支えてあげてね！」

——。

——……。


え？


立ち止まって、振り返る。

「今……なんて？」

「え？　これからも支えてあげてね、って」

「どうして……そう、なるんですか？」

「？？？」

だってさ、と先輩は。

「耕平君《こうへい》があんなに強いのって、上野原ちゃんがずっと支えてあげてたからだよね？」

……。

わたし、が？


「あれ、もしかして他にもそういう人いたり？」

「えっ……その、それは」

「まぁ、いないよねー。耕平君って相当ヘンな人だもんねー」

やれやれ、とため息を吐《つ》いてから腕を組む先輩。

「あの人、突然めっちゃ恥ずかしいこと言ったりするもんね。基本大袈裟《おおげさ》だし、ちょっとナルシスト入ってるとこもあるし。前に上野原《うえのはら》ちゃんが馬鹿だって言ってたこともわかるなぁ、って思ってさ」

「は、はぁ……？」

そう愚痴る日野春《ひのはる》先輩はなぜだか楽しげで、私はさらに戸惑った。

「だからね、ちゃんと近くでフォローしてあげて！　ほっとくと大変なことになるよきっと！」

ウチより厄介《やっかい》だよあの人！　と先輩は言った。

本気……で、言ってるよな、これ。

「えっと……先輩は、それでいいんですか？」

「え、何かダメな理由とかある？」

きょとん、と虚をつかれたように目を丸くする先輩。

ううん……？

「だって……あいつと、これからお互い助け合っていこうって、そういう話じゃ……」

「そうだけど……だからって、ずっと耕平君に構ってあげられる余裕とかないよ？」

「え」

先輩は訝《いぶか》しげに首を傾《かし》げ、それから「あぁ」と合点がいった様子で手を叩《たた》いた。

「違う違う。日常的にお互い支え合っていこうとか、そういう話じゃないよ」

ぶんぶん、と困ったように手を振る先輩。

「どうしても大変な時はお互い頼ってもいいことにしよう、ってだけでさ。最後のセーフティネットっていうか」

「……」

……。

………ああ。

そう。そういうこと。

…………………。

てか、わかりにくい。

わかりにくい言い方しないで。マジで。

かぁっ、と私の意思とは無関係に頰《ほお》が熱くなり、慌てて手の甲を押し当ててそれを隠す。

でもまんま照れ隠しな行動が余計に恥を上塗りしているって気づいて、行き場をなくした手で前髪をぐしぐし整える。

先輩は「あはは」と気まずそうに笑いながら、口を開く。

「もしかして、歴戦の幼馴染《パートナー》としては面白くなかった感じかな……？」

「違います。違うから」

「あぁ、ごめんね。怒らせるつもりじゃ――」

「てか、そもそも支えるとかできてないし。せいぜい便利屋みたいなものだし」

──思考も、気持ちも、ごっちゃのままで。

口が、ひとりでに動く。

「だからあいつは、何も言ってくれないし。つまり私に言う必要なんてない、って思ってるに違いないし」

「上野原《うえのはら》ちゃん……？」

勝手に湧き出てくる言葉に、抗《あらが》えない。

「私なんて……いてもいなくても、どっちでもいい。だって私に価値なんてないんだから。私じゃなきゃダメな理由なんて、ないんだから」

理性が、働かない。

「だから、私は──」

——ああ。

なんだ、私は。

「あいつに——側にいてほしい、なんて。思って、もらえないんだ」

耕平《こうへい》に……。

私が、必要だって。

そう思っててもらいたかった、のか。


「上野原《うえのはら》ちゃん……」

「……っ。ごめんなさい！」

一瞬で頭が冷静になると同時に、今晒《さら》してしまった醜態《しゅうたい》に耐えきれず、私は顔を背けた。

何を……何を、言ってるんだ私は。

日野春《ひのはる》先輩に、八つ当たりみたいな泣き言を言って、どうするんだ。

恥ずかしい……本当に、恥ずかしい。

「えっと……何があったのか、よくわからないけどさ」

先輩は困ったように言ってから「ていうか」と前置きして。

「そもそも、上野原ちゃんはさ——耕平君といるのが楽しいから、一緒にいるんだよね？」

——。

「自分が楽しいと思うことをするだけでいいんだよ。

それで、自分の〝楽しい〟に耕平君を巻き込んじゃえば——必要とか必要じゃないとか、そんなのどうだってよくなるんだから」

先輩はにこりと、優しく微笑《ほほえ》んで。

なんてことはないという風に、すんなりと言い切った。

——楽しい。

私は……。

あいつといるのが、楽しい？

楽しいから……私は。

私は。

私は——そうか。

だから、

「……すぅー、はぁー」

大きく、深呼吸。
新鮮な空気をいっぱいに吸って。体に溜まった澱《よど》みを吐き出して。
何度かそれを繰り返しながら、過熱した思考をクリアにしていく。

たぶん——ううん。

私は、きっと。

ただ、あいつの〝共犯者〟をやってること、それ自体が──。


「──ごめんなさい、日野春《ひのはる》先輩」

こほん、と一つ、咳払《せきばら》い。

「ちょっと……いえ、めっちゃ取り乱しました」

「ううん。ウチも変な言い方しちゃって、ごめんね」

「いえ、今のは私が全面的に悪いです。重ね重ね、失礼しました」

私は深く頭を下げる。

「それと……ありがとう、ございます」

「うん？」

「ちょっと──いえ、かなりスッキリしました」

私は顔を上げて。

今度はしっかりと、先輩を見据えて、言う。

「楽しいと思うことをする──それだけでいい、ですよね」

そして、私は。

先輩のような、無邪気で力強いソレには、遠く及ばないけど……。

それでも。


「なら……そうすることに、してみます」

——笑って、見せた。


「……そっか」

先輩は一瞬きょとんと目を丸くしたが、すぐにぱぁっと顔を輝かせて。

「そっか！　うん、ならよかった！」

そう、本物の笑みを、返してくれたのだった。


——ポーン、ポーン、ポーン。


「あ、もうすぐ消灯時間かな」

「……みたいですね」

そこでふと、台の上に置きっぱなしになっていた牛乳に気づく。

いけない、貰《もら》ったものを忘れてしまうところだった。というか、色々貰ってばかりのようでなんだか気まずい。

「……そのうち、何かでお返しします。じゃあ、もう戻ります」

「あ！　最後に1個だけ！」

「はい？」

私が牛乳を持って立ち去ろうとすると、背中にそんな声が届く。

なんか昨日も同じ感じで呼び止められたな——なんてことを思いながら振り返ると、先輩は何やら思いついた、って顔でこちらを見ている。

「もし、上野原《うえのはら》ちゃんがさ。『耕平《こうへい》君といても楽しくないな―』って思うようになったら……無理しないでいいよ？」

ふん、と。

背を伸ばし、胸をドンと叩《たた》いて。

「その時は、ウチが彼を楽しませてあげるから！　自分から腕を引っ張って、ね？」

悪戯《いたずら》っぽく、ウインクなんて飛ばしながら。

突然、挑発じみたことを、言い出した。

……。

…………。

あ、そう。

……ふぅん。

そういうこと、言うんだ。


ニヤニヤと笑う先輩を横目に、私は黙って牛乳瓶の蓋《ふた》を開ける。

それから腰に手を当て、上体を反らし――。

ぐいっ、と一気に、それを飲み干した。

「おお？　いい飲みっぷりだね」

「……ごちそうさまでした」

うっぷ、とえずきそうになりながらもなんとか抑え、空き瓶をゴミ箱に捨てる。

そして日野春《ひのはる》先輩の前に立つなり、その瞳を真っ直ぐに見据えた。

……前言撤回。

この人は、いらないものでもお構いなしに押し付けすぎ。

でも、いいだろう。

そっちがそういう態度で来るのなら、遠慮なんてする必要はない。

「――安心してください」

そう――。

私は、ただ。

私が、楽しい、と思うことを、するために。

「先輩の手――煩《わずら》わせるつもりなんて、ないので」

だから、私は。

根拠も理屈も、何もないけど。

いつになく自信満々に、断言してやったのだ。

「……ふふっ」

先ほどから何が楽しいのか、先輩はくつくつと笑いながら。

「そっかそっか。ならサポート役、頑張ってね！」

「……それじゃ」

ふと冷静になるとやっぱり気恥ずかしくって、私はポニーテールのしっぽをくしゃくしゃと乱しながらその場を辞した。

ぱたぱたとスリッパの音を響かせながら、足早に部屋の方へと歩いていく。

……ほんとあの人とは、根本的に性質が合わない。自分がすごい馬鹿になった気分になる。

「いや……違うのか」

それは、元からなのかも。マスターに言わせれば相当馬鹿だったみたいだし、私。

まぁ、だけど——。

「……うん」

嫌な気分じゃ、ない。

それは、つまり。


私は、馬鹿でいるのが楽しいんだ、って。

そういうこと、なんだろう。


その実感を胸に仕舞って、私は前に進んでいく。

「――いったい何をしてるのかな。彩乃《あやの》」

第三章　〝親友キャラ〟ではない常葉英治

Who decided that I can't do romantic comedy in reality?

時間は過ぎて、合宿2日目の自由時間。

一足先に風呂から上がった俺は、中庭前の廊下で人待ちをしていた。

一面ガラス張りの壁の向こうには、ライトアップされた日本庭園が広がっている。自由時間の終わりが近いからか、見たところ無人のようだった。

さらさらと風に揺れる植木の葉をぼんやり眺めながら、俺は買っておいたコーヒー牛乳をちびちびと飲む。

『道理を捻《ね》じ伏せてやり遂げるのがお前の専売特許だろうが』

ふと昼間、鳥沢《とりさわ》に言われた言葉が蘇《よみがえ》る。

……買い被りすぎだよ、鳥沢。

だってそれは、俺の専売特許じゃないんだ。

俺はただひたすら『ラブコメならこうなるはず』という方法を実践してきただけだから。今までのは全部、ラブコメに頼った解決策だから。

ラブコメじゃないこの現実を、ラブコメのようにするのが俺の〝計画〟で。現実をラブコメにできれば、ハッピーエンドが成立する。

俺はずっとそれを前提にして、走り続けてきた。そのために全てを費やしてきた。

でも、前提そのものが間違っているとしたら。現実をラブコメの方法論《テンプレ》で捻《ね》じ伏せたとしても、辿《たど》り着く先がバッドエンドなのだとしたら。

俺にはどうやったって、現実を否定することはできないんだ。

『不可能だって現実の方が間違ってる、ってな』

……。

……それでも。

それでもなお、現実の方が間違ってるって、謳《うた》えと言うのなら。

いったい、清里《げんじつ》さんの――。

どこを間違ってるって言えば、いいんだ？

カラカラカラ――。

ふと、遠くから響いた引き戸の音で我に返る。おそらく、大浴場の扉だろう。

……とにかく、だ。

あれこれ考える前に、一つだけ、確認しておきたいことがある。

常葉《ときわ》が今、何を考えてるのか。

清里《きよさと》さんと同心したという常葉が、何を抱《かか》えていて。どうして彼女と同じ〝普通〟である道を選ぼうとしてるのか。

それだけは、本人の口から聞いておきたかった。

そして、しばらくして――。

「――」

……来たみたいだ。

廊下を一人歩いてくる常葉は、その顔に生気がない。ただぼんやりと、虚空を見つめながら歩いている。

俺は腰掛けていたベンチから立ち上がり、その正面に立ち塞《ふさ》がった。

「……？　あれ、耕平《こうへい》……？」

「よっす。あー、常葉、牛乳好きだよな？」

そう言って、左手に隠し持っていた牛乳を掲げて見せる。

「間違って買っちゃってさ。よかったら、外で飲んでかない？」

合わせて、ちらと中庭の方へ目線を向ける。

我ながらチープな誘い文句だし、成功確率も未知数だけど……情報《デ ー タ》なしの今の俺じゃこれが限界だ。

常葉《ときわ》は「あはは」と力なく笑って言った。

「ちょうど買おうかと思ってたんだー。じゃあお金払うねー」

「あ、いや……それはいいよ。もったないからって、無理やり押し付けてるようなもんだし」

「うーん、そうは言ってもさ。そういうのはちゃんとしないとー」

と、いつにも増して遠慮がちな常葉。

飲み物ぐらい、いつもならもっと気楽にあげたり貰《もら》ったりしてるんだが……やっぱり本調子じゃないってことなんだろう。

「まぁまぁ、遠慮すんなって」

「いやいやー」

「いいからいいから」

「いいよいいよー」

「……」

「……」

ああ、もうっ！

「いいから、はい！」

「あ、えっ」

我慢できなくなって、俺は無理やり牛乳瓶を押し付ける。

「また今度ジュース奢《おご》ってくれればいいから！」

「う、うん……じゃあ、部屋に戻ってから飲むわー」

「いや、待った！　やっぱり俺の湯冷ましに付き合ってもらうのが報酬ってことで！」

「えっ？　でも――」

「問答無用！」

俺は常葉の背に回り、中庭に出る扉の方へとグイグイと押していく。

あぁ、なんて力業だ……。

ほんと準備ゼロじゃまともに誘い出すことすらできないんだな、俺は……。

◆

とにもかくにも、常葉を中庭に連れ出すことに成功した俺は、人目につきにくそうなベンチを探して腰掛けた。

不二山から吹き下ろす風が木々の合間を通り抜け、さらさらと葉っぱを揺らしている。鬱蒼《うっそう》とした森ではあるけど、こうして浴びる風はマイナスイオンたっぷりで清々《すがすが》しい。

「外は結構涼しいなぁ」

灯籠《とうろう》が薄ぼんやりと照らす和風庭園を眺めつつ、ぐびっとコーヒー牛乳を飲む。

事前情報《データ》だと、女子の方のホテルはもう少し洋風な佇《たたず》まいだとか。同じ系列のホテルではあるが、微妙に違いがあるらしい。

「……耕平《こうへい》、元気になったんだなー」

傍に立ったまま、常葉《ときわ》が呟《つぶや》く。

「ん、いや……まだ、そうでもないよ」

「そっか？　なんかノリがいつも通りって感じだからさー」

にへら、と笑う常葉。

「でも、やっぱりさ。耕平は、そっちのがいいと思う」

「む……」

「いつも自信満々なところとか、ずっとすげーなーって思ってたから。なんていうか、漫画の、ヒーローみたいだなー、って」

「――」

漫画の〝主人公《ヒーロー》〟か……今は、諸手《もろて》を上げて喜べないな。

反応に困った俺が誤魔化すようにコーヒー牛乳を飲んでいると、常葉はしみじみとした調子で言う。

「何よりさ。しっかり自分らしい考えを持ってる、って感じで……それって、本当にすごいことだと思うから」

そして「……俺と違って、さ」と。

伏し目がちな顔で呟かれた最後の一言は、風の音にかき消されそうな小声だったけど、かろうじて聞き取れた。

……そこから深掘りしてみるか。

「常葉だって、すごいとこいっぱいあると思うけどな。バスケなんて特にさ」

「……そんなことないよ」

常葉は否定するなり、暗闇《くらやみ》に沈む森の方を見やった。

「俺のは、全部さ。当たり前のことを繰り返してきただけの、なんとなくの積み重ね、だから」

だから全然すごくなんてないんだよ、と。自嘲《じちょう》げに笑った。

「なんとなくの積み重ね、って……？」

そう俺は繰り返すが、常葉は顔を逸《そ》らしたまま押し黙っている。

……あんまり話したくない、のかな。

「よければ、聞かせてほしい。無理にとは言わないけど……」

すると常葉《ときわ》は、逡巡《しゅんじゅん》する素振りを見せながらも、ゆっくりと語り始めた。

「俺ってさ。小さい時からぼんやりしてて、あんま深いこと考えないで色々やっちゃうところがあって」

「……」

「それで昔は、よく大人に怒られたんだ。近所のおじさんに『やっていいことと悪いことを考えろ！』とか、親戚のおばさんに『他人様に迷惑かけることはやめな！』みたいにさ」

ちなみにおばさんってあゆみのお母さんなー、と付け加える常葉。

「でもそういうのをじっくり考えてると、逆にどうしていいかわかんなくなるから……せめてみんなが言う『当たり前のいいこと』を守るようにしよう、って思ったんだ」

「当たり前のいいこと……？」

「んー、例えばさ。『困ってる人がいたら助ける』とか『一度始めたら最後まで頑張る』みたいな」

「常識、ってこと？」

「あー、うん。そんな感じ」

常葉はこくんと頷《うなず》いた。

とすると、規範とか、モラルと言い換えてもいいかもしれない。世間一般によしとされている判断基準、ということだろう。

「実は、バスケもさー。スポーツ少年団っていう地域のクラブがあって、子どもはみんなそこに入るのが当たり前って空気で……それで始めたんだ」

……そういえば、風の噂《うわさ》に聞いたことがある。

田舎の方では運動部信仰みたいなものがあって、クラブや部活は運動部に入るのが常識、みたいな風潮があるんだとか。学校によっては、そもそも運動部しかないところもあるらしい。

「元々運動はできたし、実際やってみたら結構いい感じで。監督にも才能あるって褒められたし、みんなもめっちゃ応援してくれたから『なら期待に応えるのが当たり前だよなー』って思ってさ」

常葉は淡々と続ける。

「中学からは、ちゃんとバスケ部に入って。身長はずっと一番だったし、体格もよかったから大会でも活躍できて……MVPまで取れちゃってさ。『やっぱり俺ってバスケに向いてるんだなー』って思って『じゃあ峡西《きようにし》行くしかないなー』って感じで進学先を決めて」

「……」

「強豪のバスケ部に入れた以上は『レギュラー目指すのが当たり前だよなー』とか『キツい練習も我慢してついていかなきゃなー』みたいに思って頑張って――」

でも、と。

常葉は、急に声のトーンを落として。

「でも、今度の大会のさ――メンバーに、入れなかったんだ」

「えっ……？」

唐突に告げられた事実が予想外すぎて、思わず素《す》っ頓狂《とんきょう》な声を上げてしまった。

嘘《うそ》だろ……？

常葉《ときわ》って、実力は部内の1年生でもトップレベルだったはずだぞ？

練習試合だって何度となく先輩たちに交じって出場していたし、レギュラー争いをしてるって情報もあった。

いくら俺が最近調査をしてなかったからって、そう易々《やすやす》と他の面々との実力差が覆《くつがえ》るとは到底思えない。

常葉は気まずそうに笑ってから口を開く。

「監督に『やる気のあるヤツだけ出す』って言われたんだ。『お前からはまるで熱意を感じない』って」

「は……？」

常葉に、熱意がない……？

「いや、そんなことないだろ。常葉、ずっと真剣に練習してたじゃないか。なのに――」

「違うんだ」

つい声を荒らげた俺に、常葉は首を振って否定して。

「だって、俺の頑張りはさ。

ただそうするのが当たり前だから、なんとなくやってただけで……自分で考えて必要だと思ったから、やってたわけじゃないんだ」

「……っ」

そうか――。

それが、当たり前を繰り返してきただけって言葉の意味か。

「他のチームメイトと違ってさ。俺には自分だけの目標ってないんだ。『俺がチームを全国制覇に導く』とか『俺は絶対にＮＢＡでプレイする』みたいな。ただバスケが得意で、得意だったら頑張らなきゃ、みたいな気持ちでやってきただけで」

「……」

「そんな消極的な態度じゃさ。メンバー外されたのも無理ないよなー、って……はは」

乾いた声で力なく笑う常葉。

「バスケだけじゃなくて、なんでもそうなんだ。人を嫌な気持ちにさせるのはよくないから気を使う、具合の悪い人を心配するのは当然だから心配する――」

「……」

「そういう当たり前をなぞってくばっかりで、ほんとの意味で、自分で考えてそうしてるわけじゃなくて」

ゆらりと体を揺らして、俺の方を向く常葉《ときわ》。

「だから、さ。昨日、耕平《こうへい》が気分が悪い、って言ってた時も――」

その、顔は――。

「俺は、心の底から心配なんてしてなかったんだ。全部、上っ面の嘘《うそ》っぱちなんだ……」

独り、だれもいなくなった、校庭で。

今にも泣き出しそうな顔で、言われるがまま、片付けを続ける子どものような。

そんな表情《かお》に見えた。


「そんなこと……ないだろ」

その様子があまりに辛そうに見えて、俺は堪《たま》らず口を開く。

「仮に今までの行動が、常識に従っただけのものだったとしても……全部が嘘なんてこと、ないだろ」

「……」

「それでも常葉が頑張ってきたことは、変わらない。そうやって形作られてきた、優しくて穏やかな性格は、間違いなく常葉自身のものじゃないか……」

「…………」

「だから、そうやって全てを否定するのは――」

「違うんだ」

――と。

二度目の否定は、先ほどのそれよりも強く。

「違うんだよ……。俺は、そんないいヤツじゃないんだ」

「いや、常葉に限ってそれは――」

「だってね」

俺の言葉を遮《さえぎ》って。

常葉は……。

悲しげに。

そして、情けなそうに。

「だって――俺は、耕平が元気がなかった時。本当は、ホッとしたんだよ」

顔を歪《ゆが》めながら。

吐き捨てるように、言った。

「『なんだ、あの耕平《こうへい》でも元気がない時ってあるんだ』って」

「……」

「『耕平も俺と同じなんだな』って。心配する前に、安心しちゃったんだ……」

瓶を握る手が、小刻みに震えている。ぶ厚いガラスが割れるんじゃないかってくらい、力が入っているからだ。

「たぶん鳥沢《とりさわ》には、全部見抜かれちゃったんだよな……だから気に食わなかったんだな、ってそう思う」

スゲーよなーあいつ、と空を仰ぎ見て呟《つぶや》いた。

「ごめんな……友達失格だよな。もう仲良くできない、って思われても……仕方ないよ」

「そんなことない。そんなことあるわけない、常葉《ときわ》」

俺は即答するが、常葉の方がそれを受け入れるつもりはなさそうだった。

「俺ってほんと馬鹿で、自分の意思とか全然なくて……同類を見つけるとつい安心しちゃうような、器のちっちゃいヤツで。だから耕平みたいなすごい人とは、違うんだ」

ふらり、と。

常葉は夜風に揺らめくように、ホテルの方へ歩き始めた。

「俺は凡人だから。諦めて、そんな自分を受け入れて、なんとかやっていくしか……ないんだ」

変な話してゴメン、と言い残し、常葉はそのまま去ろうとする。

その頼りない後ろ姿は、そのまま夜の闇に紛れて、今にも消えてしまいそうに思えて――。


「――常葉っ！」


そっちに行かせちゃダメだ、と。

そう、強く思った。

「常葉は……ほんとに、それでいいのか？」

俺は立ち上がり、その背中に声をかける。

――思い出せ。

常葉は鳥沢の挑発に、声を荒らげたんだ。

諦めて、妥協して、それで失うものがあるって指摘されて。

そんなことはない、って怒鳴ったんだ。

それは、つまり——。

心の底では、現実を受け入れたくないと思っている、ってことで。

「自分だって、すごい人——漫画の〝主人公《ヒーロー》〟みたいになりたいとは、思わないのか?」

つまり中学の頃《かって》の、俺のように。

凡人である自分と、自分の世界《げんじつ》を変えたい——と。

そう思ってるんじゃ、ないのか?

「どうなんだよ、常葉《ときわ》……」

「——」

俺は問いかける。

自分のことは盛大に棚に上げて、偉そうに。

でも……ここで聞かなきゃ、きっと後悔する。

その答えを聞いておかなきゃ、きっと。

「――前に、さ」

常葉は、立ち止まる。
だが――。
こちらを、向いてはくれない。

「芽衣ちゃんに、言われたんだ」

「――っ！」

「俺には……そういうの、向いてないんだって」

清里《きよさと》、さん……！
俺はぐっと唇を噛《か》む。
常葉は背を向けたまま続けた。

「この前、あゆみが大変なことになった時……色々、相談に乗ってもらってて」

「――！」

「一番仲のいい俺がなんとかしなきゃ、どうにかみんなと仲直りできるようにしなきゃ、って焦ってた時にさ。『常葉くんのやり方じゃ解決できない』って言われたんだ」

「な……」

まさか——。

清里《きよさと》さんは、その時から、常葉《ときわ》に……？

「『常識的な対応には限度がある』って。『もう普通の人が頑張ってどうにかできる状況じゃない』って」

「——」

「『解決できるとしたら長坂《ながさか》くんだけだ』……ってさ」

俺は強く拳《こぶし》を握りしめる。

「ほんとはずっと不安だったけど……でも本当に、耕平《こうへい》が完璧《かんぺき》に解決してくれた。俺には絶対に思いつかないようなやり方で。しかも一番、あゆみのためになるようなやり方で」

「……待ってくれ、常葉」

「耕平はあゆみと仲良くなかったはずなのに、ちゃんとあゆみのことを見てて、しっかり心の底から考えてたんだ。昔からあゆみのことを知ってた俺より、ずっと」

「常葉っ」

俺が何度呼びかけても、常葉は振り返らない。

「芽衣《めい》ちゃんの言う通りだよ。俺は、普通の人間だから……当たり前の、上っ面なことしかできない俺が、耕平みたいになろうなんて考えても……辛いだけ、なんだ」

そして、常葉は。

「主人公《ヒーロー》ってさ。選ばれた人しかなれないから、主人公《ヒーロー》なんだ。なりたいいって、気持ちだけでなれるもの、じゃ、ないんだよ……」

か細い声で、そう残し。

とぼとぼと独り、舞台から降りていった。

――。

――……。

「……清里さん」

本当に……。

本当に、この道は。

〝普通〟の現実を生きるって、道は。

みんなで笑える、そんな未来《ハッピーエンド》に、繫《つな》がってるのか……？

だって常葉《ときわ》は、苦しんでいた。

自分は〝主人公〟にはなれないんだって。なりたいなんて考えても無駄だって、傷ついてた。

そんな現実を受け入れるのは嫌だと思いながら、でも諦めて受け入れるしかないんだって、辛そうだった。

このままそこで……諦めてしまったら。

その傷は、消えずに残ってしまうんじゃないのか？

鳥沢《とりさわ》がかつて経験したように、ずっと自分を、苛《さいな》み続けることになるんじゃないのか？


「ちくしょう……」


俺は。

俺は、本当に。

もう何も、できないんだろうか。

俺の方法論《やりかた》じゃ——。

本当にラブコメじゃ、解決、できないんだろうか。

「ちく、しょう……！」

だって、ラブコメなら。
ラブコメの世界でなら――。
だれだって〝主人公〟になれるんだ。

舞台裏

ケース3 〝メインヒロイン〟

「――いったい何をしてるのかな。彩乃《あやの》」


ロビーと、宿泊棟を繋《つな》ぐ、渡り廊下。

古びた照明が点々とする、細長い通路に差し掛かった時。

突如として、真正面から刺すような言葉が飛んできた。


――まさ、か。

「芽衣《めい》……？」


驚いて、足を止める。

芽衣は、私の進行方向に立ち塞《ふさ》がるように佇《たたず》んでいた。

「――」

その表情は、照明が落とす前髪の影で判然としない。

ただ――なんとなく、だけど。

身に纏《まと》う雰囲気が、違う。

普通《いつもの》の姿には、見えない。


……これは、そう。

桜並木《いつか》の、あの時みたいな――。


「昨日から……どうして彩乃は、コソコソと動き回ってるのかな」


心臓が、ビクリと脈打つ。

……嘘《うそ》でしょ？

彼女たちと話してるところを、見られた……？

「……なんのこと？」

「なんで突然、あゆみや幸先輩と話をしようと思ったのか、って聞いてるんだよ」

白《しら》を切ろうとしたが、即座に逃げ道を潰《つぶ》された。

やっぱりだ。

私の動きに、気づいている。

早まる鼓動を感じながら、私は冷静に状況を分析する。

——人目には気をつけていたけど、絶対にバレないように手を打っていたわけじゃない。4組《クラス》の目撃者や、当事者の二人に口止めをしたわけでもない。きっとだれかに私のことを聞いたんだろう。

とはいえ、偶然漏れ聞いたっていうのは……ちょっと都合がよすぎる気がする。

最初から警戒されていた。だから、私の動きを注視していた。

そう考えた方が、いささか自然だろう。

……ううん、でも。

そもそも、なぜ？

なぜ私の動きを注視する必要があったんだ？

清掃活動や生徒会選挙の時みたいに〝計画〟の兆候を掴《つか》んだのだとしたら、まだわかる。

でも〝計画〟が動いていない今の状況で、芽衣《めい》が私を殊更気にかける理由がわからない。

「まさかとは思うけど——」

私が結論を出す前に、芽衣が一歩、こちらに近づいてきた。

それで顔に落ちた影が消え、表情が露《あら》わになる。

今の芽衣の、顔は——。

「――長坂くんは、まだ何かするつもりなのかな」

内から湧き上がる怒りを、必死に抑えるように。

真っ白な能面を貼《は》り付けた――そんな、無表情《かお》だった。

かつてない迫力に気圧《けお》されて、私は思わず一歩後ずさる。

……ちょっと、洒落《しゃれ》にならないかもしれないな、これ。

「彼はまだ、諦めないつもりなのかな」

「……耕平《こうへい》が、諦める？」

ぴくり、と。

芽衣の零《こぼ》した言葉に、耳が反応する。

――諦める。

あいつが……諦めようとしてるもの、なんて。

「――え？」

ざわざわ、と。

嫌な予感が、胸中に渦巻く。


いや……まさか。

ま、まさか。


頭の中で、様々な情報や思考が一気に弾けて、繋《つな》がり合い──。

知らず浅くなる呼吸を感じながら、私は。

「まさか、芽衣《めい》、もしかして──」

「……そっか。その様子だと、長坂《ながさか》くんから何も聞いてないんだね」

そして芽衣は。

判決を宣告するような、厳かにも聞こえる声で。

「私が、彼の理想を否定したんだよ。それだけは、叶《かな》えようとしちゃいけないんだ──って」

「──っ！」


ああ──。

そうか……。
そう、だったんだ。

ついに、芽衣が——表で、動いた。
だから、耕平《こうへい》は〝計画〟を止めざるを得なくなった。
だから——。

「全部——」

だから、私は——。

「芽衣のせい、だったのか」

——〝共犯者《とくべつ》〟を。
喪《うしな》うことに、なったのか。

芽衣は前髪を搔《か》き上げながら「ふー……」と長く息を吐く。

「そっか、知らなかったんだ……道理で、何かを働きかけるような動きじゃなかったはずだよね。長坂《ながさか》くんらしくない、って思ってたんだ」

ふっ、とその身に纏《まと》う威圧感を消して「よかった……」と、安堵《あんど》の声を漏らす芽衣《めい》。


——よかった？

全然……よくなんて、ないんだけど。


ふつふつと湧き上がる憤《いきどお》りを抑え込みつつ、芽衣を睨《にら》みつける。

「とはいえ……彩乃《あやの》の行動には、何か理由があるはずだよね」

一方、芽衣は、さっきまでの凄みをすっかりなくして、ただ自問自答するように言う。

「……答えると、思う？」

「ううん、想像できるから大丈夫。長坂くんが何も話してくれないから、自分で答えを見つけようとしたんだよね？」

「——」

「もしくは……彩乃にとっての答えを見つけようとしてる、かな。だからこそ、彩乃と正反対の性格の人たちと話そうとした、ってところじゃない？」

全てお見通しという顔で、真相を言い当てる芽衣。

その振る舞いがまた、私の感情を逆撫《な》でした。

……なんだ、この態度。

さっきから人に聞いているような体でいて、全部、自分の中だけで答えを出している。

私の言葉なんて最初から聞いていない、って風に。

さらに芽衣は、不意にその目に憐《あわ》れみのような色を宿らせて言う。

「でもね……その判断は、間違ってるよ。彩乃はただ、彼の優しさを受け入れてあげるだけでいいんだから」

「耕平《こうへい》の、優しさ……？」

「長坂くんが、彩乃に何も話さないのはね。彩乃を、これ以上傷つけたくない、って思ってるからなんだよ。だからあえて遠ざけてるの」

「……」

なんだ……それ。

「今はまだ、気持ちの整理ができてないのもあると思う。でもきちんと結論が出たら、その時にちゃんと説明してくれるはずだよ。それまではさ、黙って待っててあげて」

すらすらと、訳知り顔で語る芽衣。

……ていうか。

なんで芽衣が、耕平の、代弁をしてるんだ？

よりにもよって芽衣《めい》が。

あいつの気持ちを、語ってるんだ？

「芽衣に……耕平《こうへい》の、何がわかるって？」

私は苛立《いらだ》ちを抑えきれず、ついにそう漏らした。

その問いかけに、芽衣はスッと目を細めて。

「わかるに決まってるよ」

……は？

ハッキリとそう断言されて、カッと頭に血が上る。

「だからなんで――っ」

「だって彼は、私とおんなじだから」

「……っ」

「彼がどういう想いでいて、何に悩んで、苦しんで……最後には、どう決断するのか。私には、よくわかる」

ハッタリには思えない断言口調に、つい言葉に詰まってしまった。

そして芽衣は、私のその隙を突くようにして。

「私たちは、彩乃とは違うんだよ」

――その言葉に。

心臓を鷲掴《わしづか》みされたような気分になって、私はぎゅっと唇を噛《か》んだ。


なに、それ……。

なにそれ。


「私……私は」

「彩乃《あやの》は、無理しなくていいの」

私が想いを形にする前に、思考を上書きされる。

「だって彩乃は、普通の子だもん。長坂《ながさか》くんみたいに、理想に殉《じゅん》じてるわけじゃない。ただ彼のやりたいことの、その手助けをしてるだけだよね？」

「そ、れは……」

「彩乃は本当に、彼の理想を叶《かな》えたいって思ってる？　彼の理想が自分の理想だって、そう思ってる？」

「――」

「違うよね。もしそうなら、即答できるはずだもん」

私に語って聞かせるようで、まるで私のことを見ていないような目で、芽衣《めい》は続ける。

「そのことを見ないフリして進んじゃったら……きっといつか、無理が出る。耐えられなくなる。だんだん重荷になって、どんどん辛くなって……そして最後には、一緒にいるのすら嫌になる」

「――」

「そうなった時に……それでも彩乃《あやの》は、笑っていられるの？」

「――――」

芽衣は、振り返らずに。


「だから彩乃は……こっちに来ちゃダメ。その選択の先には、絶対に、だれも笑えない未来しか待ってないんだから」


私の答えを、待つこともなく。

普通の人である私とは住む世界が違うんだと、言わんばかりに。

最後まで――。

一度も私を、その視界《せかい》に入れることなく、去っていった。

「……」

私は独り、その場に取り残された。

──。

……。

「……ああ、そう」

好き放題……言うだけ言って、さようなら、ってわけ。

──ぐしゃり。

乱雑に、髪をまとめたヘアゴムを掴《つか》んで、勢いよく引っ張り取った。

ばさり、と半乾きの髪が、両肩にかかる。

それを両手で掬《すく》い上げるように掴んで、思い切り後ろへと流した。

ああ……なんだろう、この気分。

呼吸は浅くて、胸が締め付けられるように苦しくて。
視界はなんだかチカチカするし、体はムズムズと気持ち悪くて。
思考はまとまらない。
気分は最悪。
なんか、吐き気さえする。

つまり――。
なんか、本っ当に。
心の底から。

――ムカついた。

私は天井を見上げて、大きく深呼吸を繰り返す。

それを二度、三度、四度――。

何度も何度も繰り返して、最後に胸いっぱいに空気を吸い込んで、一気に「はぁぁぁぁー」と吐き捨てた。

「――決めた」

わかった、よくわかった。
芽衣《めい》――それに、耕平《こうへい》も。

あんたたちが、そのつもりなら――。
私にも、考えがある。

「それだけでいいんだ、ってことなら――」

私は、もう。
迷わない。

第四章 〝登場人物〟ではない春日居穂乃果

Who decided that I can't do romantic comedy in reality?

――ミーン、ミンミンミン、ミーン。

8月初旬。勉強合宿から約1週間。

夏の暑さは、さらにその勢いを増していた。我が家のある県東部はそこまでじゃないが、学校のある盆地の方は最高気温が40度を超えたらしい。

「――」

そんな中、俺は残った課題を片付けるべく机に向かっている。

さすがに3日間みっちりと自習してたおかげで、残っているのは現代文《トシキヨー》の課題だけだ。数少ない得意科目だし、残り数日もあれば十分終わると見積もっていた。

……のだが。

「ちっ、またやっちまった」

いつの間にか、前の設問と全く同じ回答を書いていたことに気づき、苛立《いらだ》ち混じりにガシガシと消しゴムをかける。

――やっぱり、どうにも落ち着かない。

気を抜くとつい色々考えてしまって、一向に集中できないのだ。

『主人公《ヒーロー》ってさ。選ばれた人しかなれないから、主人公《ヒーロー》なんだ。なりたいって気持ちだけでなれるものじゃ、ないんだよ』

常葉《ときわ》の去り際の言葉が、耳に残って離れない。

――なりたい気持ちだけじゃ、なれない。

常葉は確かに、そう言った。

〝主人公《ヒーロー》〟のようになるなんて、普通の人には無理な話で。俺のような、元から普通じゃない人にしかなれないのだと。

そういう意味じゃ、穴山《あなやま》も井出《いで》も、近いことを言っていたように思う。

結局みんな、自分は〝主人公〟になんてなれないと思ってるんだ。理想の学校生活――ラブコメのような学校生活なんて、自分には送れっこないって思ってるんだ。

だから、みんな、理想《ラブコメ》は自分には無関係だと、諦めてしまう。

他人の理想《ラブコメ》に巻き込まれるなんて、迷惑だとしか思わない。

だから――。

現実で理想《ラブコメ》は、実現できない。

「……でも」

それを言うなら、俺だって。

かつては、みんなと何も変わらない普通の人だったのだ。

それこそ清里《きよさと》さんのように、元からスペックが図抜けていたわけじゃない。最初から、たくさんの友人に囲まれていたわけでもない。

ラブコメ展開になんて全く縁はなく、ドラマティックな学校生活とは程遠い日常を送ってきたんだ。

性格も、環境も――〝主人公〟の素質だって、これっぽっちもなかったはずなんだ。

でも俺は、そこから抜け出すことができた。少なくとも、常葉《ときわ》の目から見れば、抜け出しているように見えた。

それは、どうしてだ？

なんで俺は、抜け出すことができた？

「……それは間違いなく、あの時から、なんだよな」

そうだ。

きっかけは、中学の修学旅行。その準備の時。

俺が独自に調べていた、現地の情報。

それをあの子に披露した時から、きっと選択肢は分岐して——。


——ピンポーン。


……と。

ドアホンの鳴る音で、思考が遮断される。

くそ……なんだよ、こんな時間に宅配か？

今は平日の昼過ぎだ。両親は仕事でいないし、俺だっていつもは学校がある。だから宅配の類は、常に夕方の時間指定にしていたはずだ。

セールスだったら怒るからな——なんてことを思いながら、俺はドタドタと階段を下り、ドアホンのボタンを押した。

「はい長坂《ながさか》。どなたです？」

『お、本人かな？　よっす、久しぶりー』

「は？」

まったり気の抜けた、女性の声。我が家のドアホンにモニタは付いてないから、顔までは分からない。

つーか久しぶりって、まさか知り合いか……?

「えっと……その、どちらさまで?」

気持ち丁寧に聞き返す。

すると、その声の主は。

『あたしだよ、あたし。同中の春日居《かすがい》。春日居穂乃果《ほのか》』

そう――。

1年半ぶりに聞く、懐かしい響きの、名前を告げた。

……。

………。

『あれ? 聞こえてる? もしもーし?』

「…………」

『おい、何か言えってば。一時期しょっちゅう喋《しゃべ》ってたのに、もう忘れたかー?』

「……はっ」

ハッ。

ハァ――――――――――!?

「あっ？　えっ？　なっ、なんで!?」

『うっさ！　急に大声出すなし！』

「だ、だって！」

春日居、春日居って。

今、ちょうど考えていた、あ、あの子の名前で。

中学の時、俺に――。

ラブコメができるんじゃ、じゃないか、と気づ、か、せて、く、れた。

あの春日居さんで……間違い、ないんだよな!?

「い、いやでもなんで!?　なんで急に突然に!?　偶然にも程があるじゃん俺の思考読んだの!?」

『はい？　も―、なんでもいいから早《は》よ出てこい。パジャマだってんなら着替えの時間くらい待ったげるから』

はっとして、我が身を省みる。

ダボダボのTシャツ、穴が空いてしまった学校ジャージの半パン、爆発した頭、無精髭《ぶしょうひげ》。

どう考えても、他人様の前に出られる格好ではない。

「ち、ちょっとお待ちを！」

ダッ、と身を翻《ひるがえ》し、着替えに洗顔、髪のセットを超高速で整える。

ドキドキと早鐘を打つ心臓と、まったく何一つまとまりのない思考のまま、バタンと玄関ドアを開く。

「お、マジで長坂《ながさか》じゃん。おひさー……って、おお、なんか印象変わった？」

太めの眉《まゆ》に、ぼんやりジト目がちな瞳。

かつてポニテに結んでいた髪は、内巻きパーマのセミロングに変わっていて。髪色は脱色しているのか日の光のせいか、灰茶けて見えた。

それでもあの頃の面影は、しっかり残っている。

本物だ……。

本物の、春日居穂乃果《かすがいほのか》だ。

「あっ、あっ、そのっ」

「てか待つとは言ったけどさ、待たせすぎだから。あんたは女子か。外めっちゃ暑いのに。溶けるわ」

取り乱しっきりの俺をさして気にした風もなく、ぱたぱたと怠《だる》そうに手うちわで扇いでいる春日居さん。

な、何を言えば……？　まずは時節の挨拶《あいさつ》？　いや、それともみんなの手紙を届けてくれた時のお礼から？　あ、いやっ！　引きこもったり浪人したり色々心配かけてごめんが最初か!?

「そ、そそ、そのっ！　おひさしぶりですが、どうもごめんなさい！　そしてご心配おかけしてありがとうございました！」

「はい？　さっきから暑さで頭死んでるの？」

ああもう何言ってんだ、大事なところをハショりすぎだ！

「てかとにかくさ、涼しいとこ行こ。長坂《ながさか》のバイクだよねこれ？」

「えっ？　あっ、はい！」

ちょいちょい、と玄関脇の愛車を指差しながらそう言われた。

「あたしも原付だからさ。団子坂《だんござか》のスタパ行こうよ。平日だしそこまで混んでないでしょ」

「え、ええっ!?」

「急に家にお邪魔するよかいいでしょーが。ほら、置いてくよー」

言うなり、春日居《かすがい》さんは入り口前に停めてあった黄色い原付の元に向かっていく。

「ちょ、ちょっと待って！　俺、急で何がなんだか……」

「じゃー、先行くねー」

「えええええ、聞いてってばー！」

俺の悲鳴なんてガン無視で、ぶるーん、と走り去ってしまった。

中空に伸びた手をそのままに、ポカンと口を開けたまま惚《ほう》ける俺。

……ああ。

そうだ、そうだった。

この子は、昔から。

とにかくマイペースな子だった……。

◆

我が家からさらに山の方へ、バイクを走らせること約10分。俺と春日居さんは、団子坂こと中央自動車道の団子坂ＳＡ《サービスエリア》にやってきた。

一般道から入れる駐車場《ぷらりとパーク》にバイクを停めて、スタパのあるフードコートへと歩く。

山の上に作られた広大な駐車スペースは、３割くらいが車で埋まっていた。都心からこちらに来る時の定番休憩スポットだからか、大型バスも何台か停まっている。

なんでわざわざ高速道路のＳＡにと思うだろうが、駅前や街の中心地よりも店が充実しているんだから仕方がない。なんせ、この街にはファミレスすらないからな……。

「あたしバニラクリームフラペチーノのグランデ。モカシロップ変更、チョコレートソース追加でー」

「あ、お、俺は、本日のコーヒーで……」

「うわしょぼ。完全にスタパ初めて来た系のオーダーじゃん」

けらけらと笑われた。

い、いや、そんなことはないんだ。スタパとか何度も行ってるし、何なら裏メニュー含めてオーダーは完璧《かんぺき》に履修済みだけど、そういうことじゃないんだ。

注文を受け取った俺たちは、ちょうど空いた2人がけの席に腰掛ける。

「あー暑かったー。めっちゃ生き返るー」

フラペチーノを飲みながら、だらーんと椅子に沈み込む春日居《かすがい》さん。

リラックスしたその姿は、完全に自然体だった。久々に会うっていうのに、微塵《みじん》も距離を感じさせない人懐っこさも、あの頃と変わってないらしい。

「その……結局今日は、何の用で……？」

俺はおっかなびっくり、という感じで尋ねる。

お宅訪問までするくらいだ。実はなにか重大な用事があるんじゃないかと勘繰ってしまう。

「んー？　なんとなくー？」

ストローを口に含みながらモゴモゴ答える春日居さん。

「いや、なんとなくって……そんな軽いノリで？」

「いやいや、昔の友達と話すだけで重いノリで来たらヘンでしょ。やっぱちょっとズレてるよね、長坂《ながさか》って」

変わってないなー、と笑う春日居さん。

……その言葉、そのまま返したい。

「でも、いきなりお宅訪問は……流石《さすが》に驚くってば」

「おいこら。あんた、ＲＩＮＥのＩＤ変えてそのままでしょうが。こうする以外に連絡手段ないんですけど」

「あ」

そういえば、そうだった。

周りの〝みんな〟にボコボコにされてガチ凹みしてた時期に登録全消しして、それきりじゃんか、俺。

「そ、それはとんだ失礼を……」

俺は深々と頭を下げる。

い、いや、違うんだ。本当は俺も、連絡くらい取りたかったんだ！

だが中学時代の俺は、今ほどクラスメイトの情報《データ》を把握していたわけではない。唯一の連絡先を消してしまった時点で、こちらからコンタクトを取るのは難しい。

いずれきちんと調べてお礼をと思いつつも、日々の忙しさにかまけてついズルズルと来てしまったのだった。

「まー、あたしもついこの間まで長坂のこととかすっかり忘れてたし、別にいいけどねー」

春日居《かすがい》さんはあっけらかんと答える。

ああ、それならよかった……のか？　完全に忘れられてたって、それはそれで辛いような寂しいような……。

なんとなくもにょっとした気分でいると、春日居さんはチラリとこちらに目を向けて「ふー」と小さく息を吐いた。

「にしてもまぁ、一応、普通に話せるくらいにはなったんだ。あの時はどうなることかと思ったけどさ」

「あっ……その！　ほんと浪人《あの》した時は、心配かけちゃってごめん……！」

言いながら、俺は頭を下げる。よかった、今度はキョドることなく言葉にできた。

「あの時もわざわざ家まで手紙届けに来てくれたのに、顔も出さなくて——」

「いやだから重いっての。あのくらい全然大したことじゃないから」

ひらひら、と手を振りながら、本当にどうでもいいことのように軽い調子で言う春日居さん。

「でも——」

「あぁもう。なんでいちいちマジメに受け止めるかなー、長坂《ながさか》は。もうちょっと気楽に考えなよ、気楽にさー」

そういうとこも変わってない、と今度は深々とため息を吐《つ》かれた。

む、むぅ……重いか？　俺の反応のが真っ当だと思うんだけど。

しかし、さっきからどうにも調子が出ないのは、春日居さんとの波長のズレのせいかな。昔からそうだったけど、なんか俺と感覚が合わないことが多いんだよな……特に物事の捉え方とか考え方が、こう、軽すぎるというか。

そう、思えば最初から、かなり重要なことを軽く見ていたせいで――。

「――ンアッ!?」

「うおっと！　急に叫ぶな！」

ビクゥ、と体を強張《こわば》らせる彼女をよそに、俺の体からサーッと血の気が引いていく。

「ち、ち、ちなみに……今日のこと、か、彼氏には……？」

「……はぁ？」

「ま、まさか、また内緒で来たとかじゃ……！」

ざわざわ、と嫌な記憶が蘇《よみがえ》ってくる。どころか、飲み込んだばかりのコーヒーが喉元《のど》まで迫《せ》り上がってくるような感覚にまで襲われた。

――中学の俺の失敗は、友人たちの交友関係を把握しきれていなかったことに端を発した。

特に春日居さんはその最たるもので、当時、隠れて付き合っていた彼氏がいたこと。その彼氏に、修学旅行での俺との行動を咎《とが》められたことで、全ての破綻《はたん》が始まったのだった。

恐怖する俺をよそに、春日居さんは片眉《まゆ》を吊り上げながら小首を傾《かし》げ、しばらくして「あぁ」と思い出したかのように言う。

「彼氏って、ジン君のこと？　もうとっくに別れたよ？」

「あ、あぁ……よかった、なら心配しなくてだいじょ──ってえええ、別れちゃったの!?」

「ちょ、だから叫ぶなってば！」

嫌そうに顔を顰《しか》められたが、それどころではない。

「だ、だ、だって！　そのせいで、あんな大事《おおごと》になったんだし！」

「いやそうだけど……だからって、ずっと付き合ったままとは限んないじゃん」

もう2年も前だし、と春日居《かすがい》さんは続けた。

いやっ、まだたったの1年半でしょ!?

「つーか春日居さんだって彼氏さんに責められて泣いてたじゃん！　『浮気とかそんなつもりじゃないの！　あたしはずっとジン君一筋だし！』って！」

「ま、まー、あの時はそういうノリだったから……」

「その後めっちゃ頑張って復縁しようとしたんでしょ!?　何度も何度も彼氏さんと話し合って、それでやっとの思いで仲直りできたんでしょ!?　手紙にだって『だからあたし、今はすっごい幸せ！』とか赤ペンで強調して書いてたじゃん!!」

「待て待て！　急にクロレキシ蒸《む》し返さないでよ！　恥ずいじゃん！」

「く、黒歴史？　ただの黒歴史なのアレ!?」

嘘《うそ》だろ!?　人生の岐路になるレベルで重要な話だろ……！

俺なんてその一連の流れのせいで、落ち込んで引きこもって浪人して、なんとか復活して今日まで頑張ってきたんだぞ！

息を荒らげる俺に、春日居さんが頬《ほお》を引き攣《つ》らせながら答える。

「だ、だってさー……あれって、カンペキ中学生の思春期ノリじゃん？　今更そういうのは恥ずいってば」

「じゃああれは全部厨《ちゅう》二《に》病の見せた悪夢だって言いたいのかよちくしょう!!」

「だからいきなしテンション上げすぎ！　周りの目とかちょっとは考えろ！」

ほんと恥ずいなぁ……と周囲を窺《うかが》うように目を配ってから、春日居さんはその身を縮こまらせた。

あぁ……。

なんだか急に、自分の過去が全て取るに足らないものになったような気がして、俺はぐったりとテーブルに突っ伏した。

◆

春日居さんの「人目が気になって仕方がない」という発言により、俺たちは併設されている公園の東屋に移動する。

日が落ち始め、帰宅時間帯に差し掛かりつつあるサービスエリアは、人入りがだいぶ増えていた。周囲にはジワジワと鳴くセミの声と、時折挟まるひぐらしの鳴き声が、高速を走る車のエンジン音とともに響いている。

「でさー、都会の方は頭いいガッコほど私服なわけ。こっちだと真逆じゃん？」

「はぁ……」

俺は魂が抜けたような心持ちで相槌《あいづち》を返す。

「せっかくさー、制服かわいいとこに選んだのに、なんか街歩くの恥ずかしくって」

「そっか……」

「あたしも盆地の方行けばよかったかなー、とか思ったりして。峡北あたりなら、あたしの偏差値でも入れそうだったしさ。でも遠すぎてなー。長坂《ながさか》はよく通ってられるよねー」

そして春日居《かすがい》さんの会話は、ずっとこんな感じだった。もうかれこれ1時間近く他愛ない日々の小ネタやら愚痴やらを聞かされている。

こちらの心情に反してお気楽な話が、余計に俺の気力を奪っていく。

……春日居さんにとっては。

中学時代のあれこれも、その時抱いていた気持ちも。どれも取るに足らないものでしかなかった、ということなんだろうか。

それとも——。

「……春日居さん」

「うん？　何？」

ぽつり、と。独り言のように漏らす。

「春日居さんにとって、中学の時のことは……全部、嫌な記憶でしかないのかな」

「え……またそれ？」

「修学旅行の時のことも、さ。思い出したくないような、考えたら辛い気持ちになるような、そんな過去なのかな」

――当時の、俺は。

あの修学旅行を、本気で、最高のものにしようと努力した。

グループみんなの好みに合わせてプランを構築したし、意中の子とデートをしたがっていた男友達には演出や台詞に至るまでコーディネートした。

それがきっと〝ハッピーエンド〟に至る一番の方法だ、って信じていたから。

でも、もしそれが――。

ただ、不幸な思い出を生んだだけのもの、だったとしたら。

その俺の問いに、春日居さんは――。

「あーまー、恥ずかしい思い出であることは間違いないよねー」

さらり、と。

そう、即答した。


……そう、か。

胸がじくり、と痛む。


やっぱり……かつての俺の行動は。

当時の友人たち――〝登場人物〟のみんなを。

傷つけた、だけだったんだな。


「ごめん……」

「え……」

「俺が、妙なことに巻き込んだばっかりに……辛い思いをさせちゃって」

せめてもの誠意として、俺は深々と頭を下げる。

——俺は、理想《ラブコメ》を目指したことによって、春日居《かすがい》さんたちを傷つけていた。

つまり、それは。

俺の理想《ラブコメ》が、彼女の理想《もの》と。

同じ結末に辿り着くことが実証されていたことになり。

——ラブコメ《おれ》じゃ、現実《清里さん》を覆《くつがえ》すことはできない。

その結論《こたえ》が……また。

重い事実として、突きつけられたことになる。

俺が歯を噛《か》み締めていると、春日居さんは気まずそうに顔を逸《そ》らす。

「あーもう……」

それから落ち着かなげに、両肩にかかった髪を手櫛《てぐし》で流してから、覚悟を決めたように一つ大きく息を吸う。

「……なんてかさ。その、誤解させちゃったらゴメンだけど」

そして、今度は。

なぜだか、恥ずかしそうに顔を背けながら――。

「別にさ。あの時のこと、めちゃくちゃ嫌だった、とは……言ってないし」

「……え？」

俺は顔を上げた。

「てか、長坂《ながさか》を責めるつもりなんてない、って昔から言ってんじゃん。謝られても困るんですけど」

「えっ……え？」

俺は戸惑いながら尋ね返す。

「だ、だって、思い出したくもない嫌な過去なんじゃ……」

「あたしは『恥ずかしい』としか言ってないでしょうに。勝手に勘違いすんな」

春日居《かすがい》さんは「はぁ」と呆《あき》れたようにため息を吐《つ》き、それから居心地が悪そうな顔でその瞳を漂わせる。

「確かに、さ。中学《むかし》のアレコレは、ガキっぽいし、ノリは寒いし、ちょい気合い入れすぎてたし、正直思い出したくないくらい恥ずい過去だけど――」

「……」

「あたしがあの時『そうしたい』って、思っちゃったのは……まぁ事実だし」

それに――と。

春日居さんが、そう呟《つぶや》いた時。

雲間に隠れていた夕日の光が、さっとその横顔を照らした。

春日居さんは、その頰《ほお》を夕焼けで赤く染め、覚悟を決めたようにキッと目を細めて――。


「実際、その時は――めっちゃ、青春気分で楽しかったの！

なんか『今のあたし、青春ドラマの主役みたいじゃん？』って思っちゃったの！」


――。

――……え？


春日居さんはわしゃわしゃと両手で髪を掻《か》き乱した。

「あーもう、これよこれ！　なんかこっちまでこういう恥ずいノリになるから長坂はヤバいんだよなー、調子狂うんだよなー」

しゅごー、と一気に残ったフラペチーノを飲み込む。

「か、春日居さん――」

「あと別に！　浮気的なアレがしたかったわけじゃないからね！　あくまで理想の青春してんなーって浸《ひた》ってただけだから！　そこは勘違いすんなし！」

びしっ、と空になった容器のストローをこちらに向けながら怒鳴られた。

いや……。

待て、それよりも。

今、何か。

引っかかる言葉を、聞いた気がする。

「ちょ、ちょい。今さ、春日居《かすがい》さん——」

「何さー、もー」

俺は不貞腐れる春日居さんに重ねて尋ねる。

「自分がドラマの主役になったみたいって——どういうこと？」

「え、よりにもよってそこ聞き返す？」

うっ、と嫌そうに顔を歪《ゆが》める春日居さん。

「いいじゃん別に、そんなのなんだってさ」

「いいから！　お願い！」

「ちょ、圧やっば」

俺が詰め寄ると、春日居さんは嫌々という様子で答えた。

「ほら……あの時の状況ってさ。なんかこう、めっちゃドラマっぽくて派手だったじゃん？　単に観光名所回っておしまいじゃなくて、こうロマンチックが突き抜けた感じになってたっていうか」

「う、うん」

「それまであたしって、わりかし地味ーな毎日送ってたし……そういう、普通じゃ経験できないシチュエーションのせいで、つい気分が乗っちゃったっていうか」

「――」

「しかもそれ全部、長坂《ながさか》があたしたちのために考えてくれたわけじゃん？　あたしたちが青春気分に浸れるように、ってさ」


――あ。

ピン、と何かが繋《つな》がる。


あ……あっ。

そう、か。

だから――。

「〝普通〟だった、自分が……〝主人公〟になれた、気がした？」
「まぁ……そんなとこ？」

――なる、ほど。
だから……当時の、友人たちは。
俺以外の〝みんな〟は、理想を諦めないままに〝ハッピーエンド〟にたどり着いた。

俺は、ぼんやりと。
遠くの山に落ちかけていた太陽に、手を伸ばし。
それを、ぎゅっと、掴《つか》んだ。
「そこに至る可能性に、気づくことができれば――」
気づいて、手を伸ばして。
そしてほんの少しでも、掴めたのなら。

……そうだ。

それなら、それなら。

「そこに至る可能性に、気づかせることができれば」

――それを発火点に。

ラブコメは――現実を、覆せる。

「あーもうダメ！　こういうノリほんと恥ずいから！　おしまいおしまい！」

耐えきれない、とばかりに両腕を抱きながら身震いする春日居《かすがい》さん。

「春日居さん」

「だから、もうおしまいだって――」

そんな春日居さんの言葉を遮《さえぎ》るように、俺は。

「本当に、ありがとう。
今日――いや、今日も中学《むかし》の時も。2回も、俺を、救ってくれて」

真正面から、彼女を見据えて。
手紙を届《あ》けてもらった時《の》に、言えなかった分も、思いっきり上乗せして――。
心の底から、感謝の気持ちを、伝えた。

「～～～！」

春日居さんは目を瞬《まばた》かせた後、その頬《ほお》をさらに赤らめる。
……恥ずかしがらせちゃって、ごめん。
でも、この気持ちだけは――。
この感謝だけは、どうしても伝えたかったんだ。
なぜなら――。

清里《げんじつ》さんの、どこが間違っていて。

どこを突けば、俺の方法論《ラブコメ》で打ち崩せるのか。


現実のラブコメが〝ハッピーエンド〟に辿り着くにはどうすればいいのか。

その道筋が――見えた、気がするから。

春日居《かすがい》さんはもう限界とばかりに両手で顔を覆い。

「はい、どういたしまして！　これでもう完全におしまい！」

そう開き直ったように大声で叫んでから、パンパンと手を叩《たた》いて話を打ち切る。

それから「あーもう、暑い暑い……」と両手でぱたぱた顔を扇ぎ始めた。

「そこまで恥ずかしいかな……」

「恥ずかしいわ！　むしろずっと真顔なあんたのがおかしい！　絶対！」

照れて取り乱すその素振りに、つい苦笑が漏れる。

そして、ふと。

その姿が〝幼馴染化イベント《いつぞや》〟の、あいつと重なった。

——この方法論なら、あいつを。
傷つけなくて、済むかもしれない。

また……。
また、あの毎日を。
あいつと作る毎日を、取り戻せるかもしれないんだ。

そう思うと、胸が高鳴った。
ワクワク、ドキドキと。心が躍った。

……でも、そうするためには。
俺は、俺の、新しい〝計画〟の〝主人公〟として。
ちゃんと、あいつの。

——上野原《うえのはら》、の。

本音と向き合わなくちゃ、ならない。

「──てか心配して損したし。長坂《ながさか》、めっちゃ平常運転じゃん」

ぽつり、と。

不意にそんな言葉を漏らす春日居《かすがい》さん。

ん……心配？

「あんたがまたやらかして引きこもってるとか聞いたから、わざわざ来てあげたのにさー」

……。

……え？

「あ、あれ？　さっきなんとなく会いにきたって……」

「いや、素直か。ホントにそんなふわっとした理由で来るわけないでしょ」

ぺしん、と肩をチョップされた。

え、ええー？　なんでそんなとこで嘘《うそ》ついたの……？

春日居さんは頰《ほお》をぽりぽりと掻《か》きながら続ける。

「まぁ、たまたまあんたのことを思い出したのは本当だけどさ。連絡先わかんなかった時点で『じゃあ別にいっかー』って思ってたし。タイミングよく事情聞いてなきゃお宅訪問までするわけないってば」

「……いや、待った。ちょっと待った」

　俺はおぼつかない思考のまま、反射的に尋ねる。

「事情を、聞いた？　聞いたって、いったいだれが春日居さんに俺のこと……？」

　中学の時の知り合いに、俺の現状を知っている人はいない。でも春日居さんに連絡を取れるのは、中学の知り合い以外にはいない。

　すると春日居さんは、じとり、とこちらを見て。

「ほんとさぁ――」

　むっ、と眉《まゆ》を吊り上げながら。

「せっかく高校で彼女ができたんだったらさ。心配させるんじゃないよ、この大馬鹿者」

舞台裏

ケース0 〝理解者〟

Who decided that I can't do romantic comedy in reality?

——プシュー、がしゃん。


電車のドアが開く音が響き、顔を上げる。

勉強合宿が終わり、その数日後。

時刻は夕方。

初めて降り立った、県内最東端の駅。

その改札前に、私はいた。


改札の向こう側、下り線に停まった電車から、ぞろぞろと人が降りてくるのが見える。

プールにでも行っていたのか、タオルの入ったビニールバッグを片手に走ってくる子どもたちを横目に、私はある人物《ターゲット》の姿を捜す。

休みの日で通勤客がいないからか、降車人数はそう多くなく、一人一人じっくり目で追える程度だ。人捜し中の身にはありがたかった。

私は駅舎の壁に背を預けたまま、改札を通り抜けてくる人の姿をチェックする。

手に持ったスマホに映るのは、ターゲットの写真。場所柄、知り合いのいない土地だから、少しだけ縁のあった陸上部時代の知人を経由に経由して、やっと辿《たど》り着いたSNSのアカウントから見つけたものだ。

彼女と同じ高校に通う友人曰く、土日は予備校の夏期講習に行っているとのこと。時間帯までは特定できなかったから、昼前からずっと駅前で時間を潰《つぶ》す羽目になってしまった。

残念なことに、周囲には気軽に入れるカフェやファストフード店の類はない。それでも冷房の恩恵にはあずかりたかったから、はちやまマート《スーパー》としろがねや《ホームセンター》をヘビロテしてなんとか耐え切った。店員さんに不審者に思われていないかだけが心配だ。

そんなことを思いながら、改札に向かってくる人影をつぶさに観察する。

小学生くらいの子ども、高齢者、家族連れ、制服姿の中学生、ボーダーTシャツにパンツルックの高校生と思《おぼ》しき女の子――。

――いた。あれだ。

身体的特徴の合致する人物を一人確認し、私はスマホをポケットにしまう。

ピピッ、と自動改札の鳴らす音を聞きながら、私は彼女の前に立ちはだかる。

「――春日居穂乃果《かすがいほのか》さん、ですよね？」

「……はい？」

立ち止まり、訝《いぶか》しそうにこちらを見るターゲット。

私は腰を折って話し始める。

「突然ごめんなさい。私、上野原彩乃《うえのはらあやの》っていいます。峡国西《きょうごくにし》高校の1年生です」

「は、はぁ……？」

「あの、長坂耕平《ながさかこうへい》って、覚えてますか？　同じ中学の」

「ナガサカコウヘイ……あ、長坂！　まぁはい、一応知ってますけど……？」

——よし、第1条件クリア。

問題はここからだ。私は彼女の役柄は知っているが、性格や趣味嗜好《しこう》みたいな個人のパーソナリティには疎《うと》い。やり方を間違えれば、本題に入る前にむべもなく断られてしまう可能性だってある。

見た目、振る舞い、そのほか第一印象から察するに、常識人っぽくは見えるけど……本題の方向性と初見のインパクトを鑑みて、入りを工夫した方がいい、か。

私は小さく頷《うなず》いてから切り出す。

「私、あいつの彼女なんです」

「はぁ彼女……って、ハァ!?　えっ、長坂に!?　あいつに彼女できたってマジで!?」

予想外極まる、とばかりに、身を乗り出して驚くターゲット。

――第２条件クリア。

目論見通り、あの馬鹿にとっての彼女《それ》は、相当驚くレベルのことだったか。

掴《つか》みはＯＫと判断し、私は本題に入る。

「実は、あいつのことで、折り入ってお願いがあって――」

◆

原付で帰るという春日居《かすがい》さんに付き添って、駅北口の駐輪場へ。開発の進んだ南口と違い、こちらは小さな転回場があるだけの慎ましやかな駅前だった。

さっきの電車の乗客が何人かバイクに跨《また》り去っていくと、周囲はすっかり人のいない場所になる。傾き切った日の光は穏やかで、盆地の殺人的な日射に比べればすこぶる快適だった。

車両乗り入れ防止用のガードレールに腰を預けた春日居さんは、ペットボトルの炭酸水を飲みながら私の話を聞いている。

「――はぁー、なるほどねぇ」

ひとしきり説明を聞き終えたところで、ため息混じりにそう呟《つぶや》いた。

「にしても、あいつまた似たようなことして凹んでるのか……ほんとメンタル弱いなぁ」

「そうなんです。かなり効いてるみたいで、全然連絡が取れなくて」

ちなみに『生徒会選挙で応援した人がボロ負け状態で落選し、それが原因でボコボコに叩《たた》かれて引きこもった』という〝設定〟にした。概ね真実だし、あいつの〝過去エピソード〟と類似性もあるから、説得力が増すはずだ。

「それで、当時を知るあたしにワザワザ会いに来た、と」

「はい。春日居《かすがい》さんのことは、耕平《こうへい》から聞いてたので。自分を助けてくれた恩人だ、って」

あいつが自分の〝過去エピソード〟を語った時に聞いていたことだ。もっとも、それ以外の情報は何一つ知らないから、全てこの数日で調べたわけだが。

春日居さんはもにょっとした顔になって、ぽりぽり頬《ほお》を掻《か》く。

「いやまぁ、そんな大それたもんじゃないけどさ……ただみんなの手紙届けただけだし」

「でも、あいつがそう思ってることは事実のようなので……だからその、迷惑なお願いだと思うんですけど、今回も手を貸していただけたらな、と」

「まぁそれ自体は全然いいけどさ」

すると、春日居さんは首を傾《かし》げながら不思議そうに言う。

「でも、今さらあたしがあいつと話してなんか意味あるかね？　むしろ上野原《うえのはら》さんが直接話した方がいいんじゃん？」

「えっと――」

「なんなら家わかるし、案内しよっか？」

その提案を、私は首を横に振って断った。

家の住所だけなら、最初から知っている。

でもそうしないのは、ちゃんと理由があった。

「たぶんあいつは――今、自分を見失ってる、はずなんです」

「自分を見失ってる？」

「ええ。自分がホントは何がしたいのか、わかんなくなってるっていうか」

そう――。

芽衣《めい》によって、あいつの意思は歪《ゆが》められている。

強大な現実《敵意》によって、理想《自分》が見えなくなっている。

「だから、ちょっと昔のことを思い出してほしくって。そうすれば、少しは立ち直りやすくなるんじゃないかな、と」

「ふーん……」

春日居さんはいまいちピンときていない様子でペットボトルを口に運ぶ。

「まぁ、よくわかんないけどさ。彼女さんがそう言うんなら、間違いないのかもね」

「それじゃあ――」

春日居さんは「うん」と頷《うなず》いて、立ち上がる。

そして、ぐっと背を伸ばしながら。

「久しぶりに会いに行ってみますよ。ちょうど、そんなこと思ってたとこだったしね」

にっ、と笑って、快く引き受けてくれた。

「……ありがとうございます」

私は深々と頭を下げる。

――いい人、だな。

もう少し渋られることも想定してたけど、杞憂《きゆう》だったみたいだ。

「あ、もし言いたいことあれば代わりに伝えとくよ?」

「……じゃあ、すいません。いくつか、お願いしたいんですが――」

それからいくつか、やってほしいこと、伝えてほしいことを説明し、了解を得る。

――全条件、クリア。

これで、少なくとも。

あいつを、引っ張り出すことはできるだろう。

「にしてもさぁ……めっちゃ尽くすじゃん、上野原《うえのはら》さん」

要望を伝え終わったところで、春日居《かすがい》さんが感嘆混じりにそう言った。

「確か1年生だっけ?」

「あ、はい。そうです」

「そっかー後輩か……いやそっか、長坂《ながさか》にとっちゃ同輩になるのか」

それから興味津々という顔で、ジロジロと私を見る春日居さん。

「はぁー、へぇー……てかやば、まつ毛なっが。肌ツヤツヤ。見れば見るほど美人なんですけど……長坂、高校デビュー大成功じゃん。この時期に彼女持ちとか、完全に陽キャじゃん」

「陽キャかどうかはなんともですが」

「ねぇねぇ、どうやって告られたの？」

そう尋ねられて、私はしばし考える。

……うん。

そうだな。

せいぜい、恥かかせてやるか。

「まず早々に手紙《ラブレター》を貰《もら》いまして」

「は、ラブレター……？　え、いまどき？」

「それで屋上に呼び出されて、夕焼け空の下で大声で『付き合ってください！』って言われました」

「う、うわサムッ！　告り方はめっちゃ陰キャっぽい！」

あちゃー、と顔面を手で覆う春日居さん。

「いや、でもそれで成功してるんだからいいのか……？　てか逆によくそれで受けようなんて思ったね。ドン引きでしょ、普通」

「まぁ色々ありまして」

「うわー、その色々めっちゃ気になる……けどなんかすっごいエグいの出てきそうで怖い」

たぶん想像を超える〝ラブコメ実現計画《すっごいエグいの》〟が出てくると思う。

私が肩を竦《すく》めていると、不意に春日居《かすがい》さんが相好を崩す。

「でも、ま……ちょっと、安心した」

「安心、ですか?」

「なんやかや、心配だったからねー。浪人とかしちゃって、ちゃんとうまくやってんのかなー、って。だれも仲良くしてくれなかったらかわいそうだなーって」

それから腰を上げてこちらに向き直ると、私の目をじっと見てきた。

「その、あたしが言うこっちゃないかもしれないけどさ」

恥ずかしそうに頬《ほお》を掻《か》きながら、春日居さんは。

「ノリは寒いし恥ずいし、キモいかもだけど……。長坂《ながさか》って、とことん『みんなと一緒に楽しみたい』ってことしか考えてないからさ」


できれば愛想尽かさないでやって、と。

はにかむように笑いながら、言ったのだった。

――そっか。

よく人のこと、見てる人……なんだな。

流石《さすが》は――。

あいつの、一番最初の〝理解者〟だ。

私が心中で評価を改めていると、春日居さんはぐっと拳《こぶし》を握って見せてきた。

「まーでも、馬鹿なこと言ったら遠慮なくパンチしていいと思うよ？　たまにエグいヤバいことするしさ」

「……了解です」

私は苦笑しながら頷《うなず》いた。

――言われずとも、だ。

それで、ここまでずっと抑えていた感情が、ふつふつと蘇《よみがえ》ってくる。

心の奥底で燻《くすぶ》るそれを出すのは今じゃないと堪《こら》えつつ、思う。

そうとも——。

私は、あいつらを。

ぶん殴るために、こうしているんだ。

第五章 〝舞台裏〟

Who decided that I can't do romantic comedy in reality?

時が止まったかのように静かな外階段を、俺は歩く。

夏休み中の学校。その校舎には、人の気配がない。自習用に教室が開放されているのは午後5時までだから、その時間をとうに過ぎた今はまったくの無人だった。

敷地内に残っているのは野球部やバスケ部くらいで、グラウンドも体育館もここからは遠い。だからか、世界からだれ一人いなくなったかのような、そんな錯覚を覚えた。

——ガチャン。

外階段の、終点。

仕切りとなる鉄格子の扉が、音を立てて閉まる。

開《ひら》けた視界には、真夏の強い夕日に照らされる街の姿。眼下に広がる校庭では、グラウンド整備に励む野球部の姿。

時折吹く風は、盆地の底に溜まっていた灼熱《しゃくねつ》の大気を取り去って、肌に心地のいい風を呼び込んでくる。

ここは、屋上。

いつもの、屋上だ。


「――」


思えば……。

全てが始まったあの日も、こんな夕暮れだったな。

でも――。

「あの時とは……立ち位置が、逆だな」

今まさに、屋上にやってきたばかりの俺は、夕日を背負っていて。

俺をここに呼び出したそいつは、その光を、真正面から浴びている。

――本当に。

本当に、久しぶりに――。

「──上野原」

俺は──上野原彩乃《うえのはらあやの》と、顔を合わせたのだった。

「──」


見慣れた制服姿の上野原は、腕を組んで黙っている。その表情もいつもの表情に見えた。

今のところ、何かを言い出す気配はない。


「その──」


俺は口を開きかけたが、結局何も言えず、黙りこんでしまった。

言わなきゃいけないこと、話さなきゃならないこと──。

それがたくさんありすぎて、どう切り出すべきか、わからなくなってしまったからだ。

……たった2週間でこれ、だもんな。

ふと、今までどれだけ頻繁に情報共有していたのかを実感する。文字通り毎日、小さな出来事から些細《ささい》な状況の変化まで伝えていたから。

だから……俺たちにとっては。

たったの2週間じゃなくて、2週間もの長い間、ってことなんだろう。

「えっ、と」

「――」

「あー……」

「――」

うん……この調子でいても、埒《らち》が明かなそうだ。

とにかく、思いついたことから話そう。

「なぁ……いったいどうやって、春日居《かすがい》さんにコンタクトを取ったんだ？」


――団子坂《だんござか》からの帰り際。

春日居さんは、こう語った。

『私が夏期講習から帰ってきた時にさー。あんたの彼女って子に声かけられて「力を貸してほしい」ってお願いされたんだよね』

超美人の彼女ね、と冗談めかして笑う。

『あんたが今、高校で失敗やらかして引きこもってるからって。昔のことを思い出させてあげてほしい、ってさ』

それこそがまさに、彼女が見計ったかのようなタイミングで俺の家にまで来てくれた、その真相だった。

『それで、もし元気になったら――』

そして、最後に。

春日居さんは。

『あんたが告白した場所で待ってる、だって』

今回もまた――大事なメッセージを届けてくれたのだった。


――そんな経緯を経て、俺は今、この場所に立っている。

ただ「元気になったら」とかいう前置きにもかかわらず、日付に時間までキッチリ指定してるところが上野原《うえのはら》らしいな、とは思ったけど。

しばらくの、沈黙の後――。

「……耕平《こうへい》の、出身中は知ってたから」

上野原は、風に靡《なび》いた髪を押さえながら、やっと口を開いた。

「そこから進学者が多い高校を探して、陸上部時代の知り合いを経由して、順繰りに辿《たど》ってっただけ。似たようなことはあゆみの時にも経験してたし」

その声は、聞き慣れた無感情なトーン。

変わっていないらしい上野原の様子に、思わずほっとする。

「そうか……」

「聞き込みで3日、待ち伏せで1日潰《つぶ》れたけど。色んな人にめっちゃ怪しまれたけど。ストーカーに堕ちたみたいで最悪な気分だったけど」

「そ、そうか……」

いや、いつもより、棘《とげ》を感じる気がする……。

「そんなことより」

かつん、と。

上野原《うえのはら》は一歩、こちらに歩を進めて。


「もっと他に話すべきこと、ないわけ?」


ぴしゃり、と。

急に、厳しく責め立てるような口調で言われて、俺はびくりと身を竦《すく》ませた。

「いや、その……」

思わず顔を背け、盗み見るように視線を送る。

元より色素が薄く、赤茶けて見えるその瞳は、夕日を反射して一層紅く光っていた。

何を思ってるのかは、わからないけど……。

ただ、少なくとも。

「――」

いい気分じゃないことは……間違いなさそうだった。

「すまん……いや」

言いながら、俺は深々と首を垂れる。

「本当に、ごめん。ずっと連絡も取らず、無視しちまって。この場を設けるために、余計な苦労までかけさせちまって」

「……」

「何より、お前に心配を――」

「謝罪よりまず説明を求めてるんだけど」

そう遮《さえぎ》られて、俺は一瞬言葉に詰まる。

「いや……わかってる。今、全部、説明する」

息を一つ吐いてから、空を見上げた。

夕日は未だ西の山々よりも高い位置にあり、完全に夜が訪れるまでには余裕がある。

「ちょっと長くなるけど……大丈夫か？」

上野原が無言で頷《うなず》くのを見て、俺は大きく一度息を吸った。

そうして――。

「まず……選挙の後、何があったかを、説明するな」

あの日、この場で。

清里《きよさと》さんに言われたことから、順に話すことにした。

◆

──それから、夕日がだいぶ傾いて。

その姿が、アルプスの山々にかかり始めた頃。

「──と。これが俺の聞いた、清里《かのじょ》さんの過去《しっぱい》だ」

俺は一部始終を語り終え、喉《のど》を鳴らした。

上野原《うえのはら》は、少し離れた場所の壁に身を預けている。ずっと黙っていたけど、たまに相槌《あいづち》代わりの頷《うなず》きを返してくれたから、内容は伝わったと思う。

俺はひとしきり喉を休ませたあと、続けて語る。

「それで……最後に、清里さんに言われたんだ」

「……」

「俺の理想は間違ってる、って。最後にはだれ一人笑えずに、失うことになるんだ、って」

上野原は目を瞑《つむ》って聞いている。

「そう言われて、思った。俺は今まで、どれだけみんなに無理をさせてたんだろう、って」

「……」

「勝手に理想《ラブコメ》を夢見て、俺に都合のいい〝設定〟を押し付けて、無茶に巻き込んで……実は、みんな優しいから許してくれてただけで、内心辛い思いをさせたんじゃないか、って。これから、もっと辛い思いをさせちまうんじゃないか、って」

そして、何よりも――。

「だれよりも……上野原には。ずっとずっと、すげー無理をさせちまったかもしれない、って」

「……」

「上野原は、なんだかんだ言いながら、最後には合わせてくれるから……何かあれば、必ず助けてくれたから」

そう――。

「それに、ずっと甘えちまってた。お前が我慢してるかもしれないとか、傷ついてるかもしれないとか……内心で、ほんとはどう思ってるか、とか。全然、考えてなかったんだ」

俺は……。

上野原が。

俺の〝計画〟を応援してくれる、その本当の理由を。

深く考えないように、していたんだ。

「それを聞いて『本当はずっと嫌だった』とか、否定されたら、どうしようって。『キツくてやめたかった』とか言われたら、どうしようって」

「……」

「ずっと、見ないことにしてた。いつも手伝ってくれるんだから、大丈夫に違いない、嫌なわけがない、って決めつけてた」

そこまで言ってから、俺は再び上野原《うえのはら》の前に立つ。

その気配を察したか、上野原は目を開けて、こちらにその視線を向けた。

「だから、俺は……何よりも、まず、そのことを。ちゃんと謝らなきゃ、って」

そして――俺は。

深く。

深く、腰を折って。


「――本当に、ごめん。

お前に〝幼馴染《おさななじみ》〟なんて、押し付けちまって。〝共犯者〟なんて、やらせちまって」

――サァッ。
風が、屋上を、吹き抜ける。
俺はしばらくの間、そうしていた。
上野原は、なにも言わない。言ってくれない。
そのことが……俺の決心を、鈍らせる。

――俺、は。
それでも、俺は。

ぐっ、と。
拳《こぶし》と腹とに、力を込めて。
再び、覚悟を決め直して――顔を上げる。

「でも、俺は――」
「もういい」

——え。

バッサリ、と。

強制的に話を打ち切られ、心臓がズクンと締め付けられる。

「ま、待ってくれ。俺は——」

「いいから黙れ」

黙れ——。

そう、いつになく、強い言葉で否定されて。

俺の体は、動かなくなる。

上野原《うえのはら》は壁から背を離すなり、ツカツカとこちらに歩み寄ってきた。

その顔は——。

「え……」

いつになく、凄みを感じさせるような、鬼気迫るような。

恐ろしい表情に、見えた。

「う、上野原……」

「──」

俺はじりじりと後ずさり、終《しま》いには屋上倉庫に背をぶつけて止まる。

だがそれでも上野原は立ち止まることなく、どんどん距離を縮めてくる。

──これ、は。

もしかして。

手に汗を握る緊張感の中。

遂に上野原は、俺の手の届く位置にまで、近づいて。

そして──。

「っ……」

グイッ、と。

俺の、ネクタイを掴《つか》んで、引き寄せると。

「端的に。──あんた、ムカつく」

――そう。

上野原《うえのはら》、らしからぬ。

ただ感情的な言葉を、真っ直ぐに、投げつけてきた。


やっぱり、だ。

上野原は、今――。


とてつもなく、怒ってる。


「そ、の……」

「大前提。なんで〝メインヒロイン〟じゃない芽衣の言葉を、大人しく受け入れてるわけ？」

「……、え？」

感情的――かと、思ったら。

「だって芽衣《めい》の領分はラブコメの〝メインヒロイン〟でしょ。あの子が〝メインヒロイン〟として何かを言ってきて、それで〝主人公〟が行動を変えるっていうなら〝ストーリー〟上の話、って意味でまぁ理解できるけど」

「え？　え？」

「でもさ、芽衣のやったことのいったいどこに〝メインヒロイン〟要素がある？ 欠片《かけら》もないでしょ？ ヒロインっていうか、もはや完全に〝敵〟じゃん。〝悪の親玉〟じゃん」

いつになく、早口で。

理屈のように聞こえるけど、でも全然、上野原らしくない屁理屈を並べ立てる。

……そう。

それは、まるで。

「第一、舞台に上がる〝役者〟が脚本に文句を言ったって変えないのが常識。ていうかそもそも舞台から降りてるし、あの子。そうなった時点でただの部外者だし。だとしたら余計に話を聞いてやる理由なんてないし」

「は──」

「全部、理屈に合わない。完璧《かんぺき》に完全に、耕平《こうへい》が間違ってる」

それはまるで、俺の話しぶりを聞いていい、ようだった。

「ま、待ってくれ……」

首が締まっているせいで声が掠《かす》れたが、構わず続ける。

「今は、その……清里《きよさと》さんが〝メインヒロイン〟だとかそうじゃないとか、そういう話をしてるわけじゃ──」

「うるさい、喋《しゃべ》るな」

ギュッ、と。

ネクタイをさらにキツく引っ張られて、俺は沈黙する。

……もう色々とむちゃくちゃだ。

まったくらしくないゴリ押しの論破に、有無を言わさぬ感情的な振る舞い。

いったいなんで上野原《うえのはら》は、急にこんなことを……。

「だから——」

——と。

不意に、ネクタイを掴《つか》む力が緩《ゆる》む。

目線を落とすと、上野原は顔を伏せていた。

「〝計画〟の、裏側の、話は——」

そして、さらに一歩。

本当に、目と鼻の先くらいにまで、その顔を近づけて。

「〝ストーリー〟と無関係な〝舞台裏〟の話は。〝共犯者〟の——私の、領分だ」

——。

「〝計画〟にどうこう文句を言っていいのは……芽衣《めい》じゃ、ない。私の、私だけの特権だ」

「うえ、のはら……」

「だから、私の理屈のが正しい。だから私の意見のが、尊重されるべき」


――ドン、と。


強く握られた、その右拳《こぶし》が。

俺の胸に、押し当てられた。


「だから……私の……」


そして、再び。

俺を見上げた、上野原は――。


その唇を、僅《わず》かに震わせて。

その頬《ほお》を、夕陽の色に染めて。

その瞳に、輝く一滴の、雫《しずく》を湛《たた》えて――。

「〝共犯者〟がやりたいんだ、ってワガママを――一番に叶えてよ。この、大馬鹿野郎」

ドクン――。

胸が、一つ。

大きく、脈打った。

――。

――……あぁ。

俺ってやつは、本当に。

「……最悪。なんで私が、こんな仕打ち、受けなきゃいけないんだか」

左手で、ぐいっと目元を擦《こす》る上野原《うえのはら》。

俺は――。

「本当に……大馬鹿野郎、なんだな」

何一つ、上野原のことを理解できていなかったことが、悔しい。
上野原を無駄に傷つけてしまった自分が、本当に腹立たしい。

だけど……。
それよりも。

上野原が。
上野原が、自分から。

〝共犯者〟をやりたいんだ、って。

そう――。
そう、言ってくれたことが。

何よりも――嬉しくって。
悔しい気持ちより、腹立たしい気持ちより。
ただただ、嬉しいの方が、上回ってしまっていることが。

本当に、どうしようもなく。

大馬鹿野郎だと、思った。


「――上野原《うえのはら》」

「……」

「上野原」

二度名前を呼んで、やっと上目がちに俺を見る。

「……気が済むまで殴ってくれていい。馬鹿すぎて殴られなきゃわからないんだ」

どん、とすぐさま胸に衝撃。

「バカ。ほんとバカ」

「悪かった。悪かったよ……」

どん、どん、どん。

「無知。無能。無謀。無礼。無理解。無理。ほんと無理」

「い、いや……最後のは、ちょっと違うような……」

「なんか文句あんのか」

「ないです……」

俺はしゅんとした。

それからもう一つ、ぽすん、と胸を打つ感触を最後に、上野原はその拳《こぶし》を下ろした。

様子を見計らいながら、俺は再び話し始める。

「それで……さっき言いかけてたこと、なんだが」

「――――」

上野原は、目線を横に逸《そ》らしている。だが言葉を遮《さえぎ》る様子はないから、今度は聞いてくれるつもりらしい。

「俺は、怖かったんだ。俺が自分《ワガママ》を貫き通したことで、上野原に拒絶されちまうのが」

「……」

「でも〝計画〟を辞めちまった俺なんて、面白味の欠片《かけら》もないヤツだ。上野原にとっちゃ何の価値もない、ウザくてキモいストーカー野郎だ」

「………」

「だから、どう進んでも、お前との関係が終わっちまう気がして……そしてそれは、それだけは……なんていうか……マジで、嫌だったんだ」

だから俺は、上野原と話すことができなくて。

決別が確定してしまうのが、恐ろしくって。

……だから。

そうならない可能性を見出《みい》だすまで、動けなかったんだ。

「俺は……これまでお前に、色んな〝設定《むちゃ》〟を押し付けてた。そのせいで迷惑かけただろうし、きっと辛い思いもさせた」

「……」

「でも――それでも」

俺は息を整えて、はっきりと告げる。

「それでも俺は、お前に――〝共犯者〟を、やってほしい」

上野原《うえのはら》が、その目を僅《わず》かに見開いて、こちらを見上げる。

俺は茜《あかね》色に揺らめく瞳を、しっかり見返して。

「現実を覆すために。俺には、絶対に……他のだれでもない。上野原彩乃《あやの》の力が、必要なんだ」

そう――。

かつて、俺が。

この場で、上野原に伝えた言葉を、繰り返した。

「それが……俺の出した、結論だ。

俺は、俺の意思で。自分を――俺の理想《ラブコメ》を、貫き通す」


――サァッ。

一陣の風が、俺たちの間を吹き抜ける。


「だから上野原が、本当に〝共犯者〟を引き受けてくれるっていうなら――痛っ」

ズドン。

胸に、今までで一番、強い衝撃が走った。

「……二度言わせるな」

そして、上野原は。

きっ、とその目を、鋭く尖《とが》らせて。

「私は――ちゃんと、私の意思で。〝共犯者〟を、やる」

その上で、と。

握った拳《こぶし》を、俺の目の前に掲げると。

「もう一人の馬鹿《芽衣》も、ぶん殴ってわからせる。——他人《わたしたち》の理想の邪魔すんな、って」

——ああ。

それは、本当に。

「——ははっ」

最高に頭の悪い啖呵《きもちのいいセリフ》、だった。

「上野原《うえのはら》」

俺は、自分の握り拳《こぶし》を前に出す。

「ん……」

「その喧嘩《プラン》、俺も全面的に賛成する。流石《さすが》は俺の〝共犯者〟だ。言ってることがまるっきり馬鹿な理屈で、本当に最高だ」

「…………ん」

そして上野原も、自分の握り拳を前に出す。

――そうだ。

これで、いい。
これが、いい。

「わからせてやろうぜ。
俺たち二人で、ままならない〝メインヒロイン《現実》〟に――本当の〝ラブコメ〟ってヤツをな」

こつん、と。
拳と拳を、重ね合い。
俺たちは、再び、ここに集《つど》った。
〝主犯〟と〝共犯者〟。
〝ラブコメ実現計画〟――最強タッグの、再結成だ。

――。

――……。

――ふと、我に返る。

「えっと、その……」

「……？」

「もうちょい……離れないか？」

「………」

上野原《うえのはら》は一瞬首を傾《かし》げたが、自分の位置取りに気づいたのか、ハッ、スッと後ろに下がっていった。それから目をきょろきょろ、手をぱたぱた、後ろ髪をぐるぐると回し始める。

いや、そりゃあさっきまでに比べたら遠いけどさ……それでもほら、一歩前に出れば壁ドンできるような距離ってのは、なんか落ち着かないだろ……？

というか、冷静に考えたら……さっきのは、壁ドンなんて目じゃないくらい近かった気が。

それこそ、上野原の吐息とか、体温を感じるくらいに。

たぶんほんの僅《わず》か、前に、顔を動かしただけで――。

再び心臓が、ドクンと跳ねる。

……いや、違うだろ心臓。何、勝手に跳ね回ってんだ。

「そ、そうそう！」

俺は心音を誤魔化すように気持ち大きめの声で言う。

「そういや、さっきのお前さ！　めっちゃ物語の〝主人公〟みたいで、最高に輝いてたぞ！」

「…………………」

「あいたっ⁉　け、蹴《け》ったな⁉　お前、今マジ蹴りしたろ！」

しかもスネ！　一番痛いとこ！　くそっ、足が届かない位置まで離れりゃよかった！

上野原《うえのはら》は眉《まゆ》をハの字に歪《ゆが》めながら口を開く。

「そういうの言わないで寒いから。端的に、イヤ」

「は……ハンっ！　照れ隠しだ！　〝ツンデレ〟も継続する気満々とみた！」

「だとしたら何？」

「えっ……開き直るパターンもアリになったの⁉」

やばい、ツンデレの最終進化系じゃん……！

俺がワナワナ震えていると、上野原はすっかりいつもの無表情になって続ける。

「てか別に〝主人公《そういうの》〟はいらないんだけど。余計なの押し付けないで」

「いや待て、早合点すんな！」

俺は、ふうー、と息を吐いてからピンと指を立てる。

「いいか、よく聞け――まさに〝主人公《それ》〟こそが〝真《シン》・計画《プロジェクト》〟の核になるんだよ」

「……〝真《シン》・計画《プロジェクト》〟？」

「ああ、そうだ。確かに俺は、清里《現実》さんに抗《あらが》うことを決めた。だけど今までの〝計画〟はもう続けられないんだ」

「……なんで」

不服そうに口を尖《とが》らせる上野原を制して続ける。

「いくら俺だけが理想《ラブコメ》を追い求めたとしても、周りのみんながラブコメ《それ》を望まない限り、行き着く先は失敗しかない。それはもう否定しようのない真実だ。こればっかりは、いくら考えても覆《くつがえ》せなかった」

なぜなら――。

「だって、周りのみんなにとって、俺は〝主人公〟じゃない。俺が〝主人公〟のラブコメで全てを解決するなんて土台無理な話だったんだ」

上野原は首を傾《かし》げているが、構わず進める。

「だから、重要なのは――みんなにとっての理想郷《ラブコメ》を、創り上げること」

そう――。

「その実現を目指すのが〝真《シン》・計画《プロジェクト》〟。名付けて――〝ラブコメワールド構築計画〟!!　その発動を、今ここに、宣・言・する!!」

ジャジャーン!!

お約束のセルフ効果音を概念的背景に投射しながら、超かっこいいポーズをキメた。

「……相変わらずエグいくらいネーミングセンスないな」

「だからそこはどっちでもいいだろ慎め」

「でも、そう宣言するってことは……もう何やるか決まってるの?」

「ああ、大方針《コンセプト》はな」

俺は力強く頷《うなず》いて答える。

春日居《かすがい》さんと話した時に、それはハッキリと浮かんだ。次はそのコンセプトの実現に必要な準備を整えていく段階だ。

「ちなみに、もう夏季課題は終わったか?」

「まぁ一応」

「うむ、流石《さすが》だ。やらなきゃならんことは半端なく多い。夏休みは完全に潰《つぶ》れると思ってくれ」

「……マジか」

まぁいいけど、と続ける上野原《うえのはら》。

「あ、ちなみに夏休みだけじゃないぞ。今度の〝イベント〟は、史上最大規模になるからな。準備だけでも数か月はかかる」

「は……？」

上野原が目を瞬《まばた》かせる。

「今までも相当頭おかしいレベルだった準備を、数か月分積み重ねるってこと？」

「いや、それ以上だってば。今のままじゃ、データも〝武器〟も人手も全く足りてない。今度のは全てパーフェクトに整えてはじめて成立する〝イベント〟だからな、妥協は許されんのだ」

俺たちにできること、今まで培ってきたもの、出会ってきた人々――。

その全てをフルに使い切って、なおかつ外部の力にまで頼らなければ、〝真《シン》・計画《プロジェクト》〟は実現できない。

そこまでやらないと、清里《きよさと》さんの現実《ロジック》は崩せないのだ。

上野原はもう一度だけ瞬きしてから、こくんとハッキリ頷いた。

「……うん、とりあえず覚悟はした。そういうことなら早速動かないと」

かつてなく前向きなその姿勢に、俺の気力も満ち満ちていく。

「で、何から手をつけるの？」

「そうだな……」

俺は腕を組んで「ふむ」と唸《うな》る。

「最も実現が困難で、時間がかかって、かつ重要性の高いもの……となると、やっぱりアレから始めるしかない、か」

「アレって？」

俺は一歩前に出て、首を傾《かし》げる上野原《うえのはら》を見つめる。

「上野原。お前に是が非でも、お願いしたいことがある。構わないか？」

「……？　何？」

そしてさらに一歩、上野原に近づいて。

がしっ、と。

その両肩に、手を置いた。

「……え」

「いいか。これは本当に大事なお願いなんだ。心して聞いてくれ」

「え？」

俺はできるだけ真剣な顔で、上野原を見つめる。

「上野原が俺の申し出を受け入れてくれたら、お前の私生活《プライベート》に関わることになる。どうかそれを覚悟してほしい」

「え。……私の、プライベート?」

上野原は、ぴくりと体を震わせて固まった。

「本当は……〝真《シン》・計画《プロジェクト》〟のためって理由で、お願いしていいことじゃないと思う。ちゃんと手順を踏んで、きちんと礼を尽くした上で、申し出るものだと思う」

「手順を踏んで、礼を尽くす、申し出」

「だがそれを曲げて、お願いしたい。正直、他に方法がないんだ」

「──」

ごくり、と唾《つば》を飲む上野原。

あまりに深刻な様子の俺に圧《お》されたか、心なしか息まで荒い気がする。

俺も知らず浅くなっていた呼吸に気づいて、何度か深呼吸する。

──すー、はー。すー、はー。

……よし。

そして俺は、覚悟を決めて。

「――頼む！　お前の親父さんに、俺を紹介してくれ！　会って直接、話をさせてくれ‼」

遠くの山々に、俺の叫びがこだました。

――カー、カー、カー。

ついでにカラスの鳴き声も響いた。

「…………展開、飛ばし、すぎじゃない？」

第六章

いきなりこんな展開になるとだれが決めた？

Who decided that I can't do romantic comedy in reality?

「――うん、うん、そう。それで、父さんと話がしたいって――」

電話をする上野原《うえのはら》を横目に、俺は自転車のロックを解除する。

とりあえず真っ暗になる前に屋上から下りて、今は校内の駐輪場。上野原に理由を細かく説明した上で、親父さんにアポ取りをしてもらっているところだった。

なお、詳細に理由《ワケ》を話したらまた蹴《け》られました。誤解を生まないようにめっちゃ丁寧に説明したのに……実に解せぬ。

「――え？　相手はだれか？　いやまぁ……普通に、普通の友達だけど」

上野原はチラ、とこちらに目線を寄越しながら言い淀《よど》んでいる。

ん、あれ……もしかして、親父さんには俺の存在って何も伝わってない感じか？

上野原はともかく、上野原先生《お母さま》の方が面白がって話してるもんだとばかり思ってたけど……。

「――ああもう、いいじゃん今は、そんなのどっちでも。とにかくいつが空いてるかだけ教えて……って、は？　え、母さん？　ちょっ、まだ仕事のはずじゃ――」

お、噂《うわさ》をすれば影か。

「――え？　いや、え？」

と、急に上野原《うえのはら》の声のトーンが一つ上がる。

うん？　なんだ？

「ちょ、ちょっと待って。それは、流石《さすが》に突然すぎってか……いや、まぁその、友達、確かに友達って言ったけど。でもほら、普通の友達だからいいってもんじゃない、っていうか、むしろダメっていうか」

上野原はしどろもどろと返している。

……なんか、珍しく焦ってんな。何言われてるんだ？

「──と、とにかく！　それはパス……って切った！　切ったしあのオバさん！」

ああもうっ、と声を荒らげて再コールする上野原。

お、おお？　これまた珍しい反応だな。つーか上野原って家族相手だとわりと雑な対応するよな……。

「──出ない！　出ないし！　ああもう失敗した、絶対見抜かれた、ほんとあの人は……！」

腹立つムカつく、とかなんとか、ブツクサ文句を言いながらスマホを乱雑にスカートのポケットに戻す上野原。

「え、えーと……結局、どうなった感じ？」

恐る恐る、俺は尋ねる。

すると上野原がキッと睨《にら》みつけてきたので、思わずビクンと体を震わせた。

「…………………………なんか」

「は、はい」

そして上野原は、ロボットのように、ぎこちない口ぶりで。

すごくとても嫌そうなトーンで。

「――夕食、ご馳走、するから。今から、家《ウチ》まで、来いって。母さんが《あのアホ》」

うん――。

「……うん？」

え……。

俺、上野原さんちに、お宅訪問するの？　今から？

……。

…………え、それなんてラブコメ？

◆

上野原《うえのはら》邸は、峡国《きょうごく》大学のすぐ近くの住宅街に位置する。

この辺はゆるやかな傾斜の街並みで、俺たちは自転車を降り、手押しで坂道を上りながら目的地に向かっていた。

「……はぁ」

上野原は、道中もう何度目になるかわからないため息をついている。その顔はいつになくどんより沈んでいて、もう憂鬱《ゆううつ》で憂鬱で仕方がない、って感じだ。

「その、アレなら、出直した方がいいか……？」

「……いい。こうなった以上は、逃がしてくんないだろうし。世の不条理を乗り越えるしか活路はない」

世の不条理て。なんか急にスケールでかくなったぞ。

上野原は苦渋に満ちた表情で、俺の方を見る。

「ただ、繰り返すけど。うちの父さん、マジでヤバいから。自由すぎるから。大人だと思わない方がいいから」

「お、おお……」

「言うなれば老けた子どもだからアレ。可愛《かわい》げがない分余計に性質《タチ》が悪いから。覚悟しといて」

う、上野原がそこまで言うって、いったいどんなレベルなんだ……？

「ああもうほんとミスった……外に連れ出せば多少はマシになると思ったのに……父さんのスマホに掛けたのが逆に怪しまれた……もう甘いもの冷蔵庫空にしてやる……」

ぶつぶつと呪詛《じゅそ》のように繰り返す上野原。あまりの事態にキャラ壊れてんな……。

しかし……本当どんな人なんだろ、親父さん。

俺が以前仕入れた情報《データ》だと、かつて都心の大手ＩＴ企業に勤めてて、今はフリーランスのＳＥとして活躍中ってこと。専門はＡＩ関連技術だけど、アプリ開発からサーバーインフラまでマルチで習熟してるゼネラリスト、ってことくらいだ。

特段調べる必要もなかったし、本人の性格とか人格とか、そういうところは全然わからない。

自由人っていうからには、上野原先生みたいにノリのいい感じなんだろうが……。

色々とイメージを膨《ふく》らませながら路地を曲がり、突き当たりまで進む。

そしてわりと新しめの一軒家の前で、上野原は立ち止まった。

「……着いちゃったか」

重々しく呟《つぶや》いてから、自転車を駐車場の方へと引いていく。

半地下になっている駐車場には、アウトドア仕様な見た目のＳＵＶと、軽のボックスカーが停まっている。車には詳しくないが、どっちも高そうだ。

「自転車、そこらへん置いといて」

……。

「お、おう」

俺は言われるがまま、邪魔にならなそうなところに自分の自転車を停めた。

なんか、ちょっと緊張してきたな……。

ていうかよくよく考えなくても俺、女子の家に行くのとか初めてじゃないか。まさか、かなり実現難易度の高いはずの〝ラブコメイベント〟が、こんな形で実現しようとは。

……うん。

いや、やばい。

そう考えると、なんかすっごいソワソワしてきた。

これ、あれかな……もしかして、部屋に案内されて「テキトーに座って」とか言われて「あ、じゃ、じゃあ……」とか言いながらベッドに座ろうかそこらへんの床に座ろうか迷った挙句、とりあえず隅っこの床に座って「ここが上野原《うえのはら》の部屋……なんか、いい匂いするな……」とか呟《つぶや》いちゃって「何言ってんの、バカ……」とかそういう流れになるアレじゃないか？

……いやいやいや、待て、落ち着け！

今日の目的はそうじゃないだろ、履き違えるな！

つーかそもそも、上野原で何考えてんだ。上野原は〝共犯者《あいぼう》〟だぞ！　このラブコメ脳が！

「……何やってんの？」

「いや、己を律していた」

俺は両頰《ほお》をつねった手をバチンと離す。

上野原は一瞥《いちべつ》だけ寄越してそれ以上は何も言わず、玄関に向かっていく。余裕がないのか、俺の突然の奇行に対するいつもの塩ツッコミはなかった。

「それじゃあ……開けるけど。覚悟はいい？」

「お、おう」

ごくり、と唾《つば》を飲みこんで、扉の前に立つ。

そして上野原が、重々しくドアノブを回し、ドアを開けると――。


「――」


ぬっ、と。

目前に、巨大な影が現れた。

「あっ……ど、どうも初めまして……！」

俺はその影――上野原の親父さんと思《おぼ》しき人に、慌てて挨拶《あいさつ》する。

し、身長高いな……180は超えてそうだぞ。

玄関の段差も相まって、凄《すさ》まじく高いところから見下ろされている気分になる。

俺はドキドキしながら、様子を窺《うかが》う。

髪はもじゃもじゃとクセの強い黒髪。全体的にボリューム感のある長さだ。

口から顎《あご》にかけては髭《ひげ》が生え揃《そろ》えられていて、顔の彫りは深い。服は陶芸家みたいな職人が着てそうな、藍色の作務衣《さむえ》姿。

なんというか、見た目は完全に海外の俳優とか、そっち系の雰囲気だ。年相応に老けてはいるが、かなりのイケメンだと思う。上野原《うえのはら》が美形に生まれるわけだ……。

「あの……」

「──」

親父さんはじっと黙って無表情。

目元は上野原とそっくりだった。色素の薄いその瞳は、落ち窪《くぼ》んだ眼窩《がんか》の中で鋭くこちらを見据えている。外見と相まって、なんというか、ものすごい迫力を感じる。

こ、これのどこがフリーダム……なんだろう。印象としては、上野原みたいなクールなタイプに見えるんだが……。

いや……もしかして。

この方、実は親父さんじゃない、とか？

「その、上……彩乃《あやの》さんの、お父さん、ですよね？」

「――！」

が。

俺の発言が気に障ったのか、ざわっと髪を騒がせて。

カッ、と目を見開くと――。

「君に！　お父さんと！　呼ばれる筋合いはな――――――――――――――――――――――い！」

筋合いはなーい、筋合いはなーい、筋合いはなーい――。

夜の住宅街に、野太い声がこだました。

――。

――……。

――…………？

「え、嘘《うそ》、俺以外に現実《リアル》でそんなこと言う人いたの?」


なんてことだ。

この俺が、思わず真顔でツッコんでしまった。


「もうやだ帰りたい……」

隣の上野原《うえのはら》は、見るに堪えないとばかりに両手で顔を覆っている。

い、いや……だって。

上野原の父親だぞ? それがよりにもよって、こんなラブコメパパのテンプレノリで来るなんて思わないだろ……?

俺の困惑など露知らず、親父さんはフンと鼻から息を吐き出し腕を組んだ。

「おいおい、変なことを言う娘だな。ここは間違いなく彩乃《あやの》の家だぞ。おかえりなさい」

「…………………ただいま」

「いやー、しかしやっと夢が叶《かな》ったぞ母さん。これ一回やってみたい、って10年前から言ってたもんなぁ」

親父さんはご満悦、という顔で奥に顔を向けた。

するとと廊下の先から、上野原《うえのはら》先生がひょこっと顔を覗《のぞ》かせる。

「あなたそれ、彩乃《あやの》が生まれる前から言ってたでしょ。娘ができるって決まってたわけでもないのに」

「いや娘ができるまで粘るから。息子はどっちでもいいけど娘はマストだったから」

「はいはい」

上野原先生が慣れた様子であしらいながら、こちらへやってくる。

「いらっしゃい、長坂《ながさか》君。彩乃は友達とか言い張ってたけど、絶対に君だと思ったからつい呼んじゃったわ。迷惑だった？」

「あ、いえ、そんなことは……」

「ならよかった。必要ならそちらの親御さんにも私から連絡入れるわね」

おぉ、すげぇ……なんか、上野原先生のがマトモに見える。

「というか彩乃、なんで父さんには今まで何も教えてくれなかったんだ？　母さんから聞いたけど、彼と組んで面白そうなことやってるらしいじゃないか」

「……こうなるからに決まってるじゃん」

「父さんだけ除《の》け者なんてズルいぞー。彩乃、ちょっと反抗期長くないか？　いつからパパ大好きと言わなくなった？」

「絶対ツッコまないから。てか早くそこ退け邪魔」

「なんだよノリ悪いなぁ……まぁいいや。君、長坂君だったね？」

「あ、は、はい」

「ようこそ我が家へ。遠慮なく入りなさい」

「ど、どうも……」

最後だけマトモな発言を残して、親父さんはウキウキな様子で中に戻っていった。上野原先生もやれやれ、という顔でその後に続く。

そして俺と上野原は二人、入り口に取り残される。

「……その、あれな」

「言うな」

「お前んちって……だいぶ、ラブコメ適性高そうなご家庭だったんだな……」

「言うなっての」


――納得。

上野原が、最初から俺のラブコメノリに厳しかったのは親のせいだった、と。

◆

「ごめんなさいね。急だったし、こんなものしか用意できなくて」

「あっ、いえ。お構いなく」

お皿を運ぶ上野原《うえのはら》先生に、恐縮しながら頭を下げる。

現在俺は、ダイニングに置かれた4人がけのテーブルの端に座っている。上野原は制服から着替えるために席を外しているから、この場には俺と上野原先生と親父さん――遼太郎《りようたろう》さんというらしい――の3人だ。

テーブルの上には、ざるに盛り付けられた『ほうとう』の麺と、刻みネギに油揚げが入った醤油ベース漬け汁。いわゆる郷土料理の『おざら』だろう。

それと同じく、地元B級グルメの鳥もつ煮。あとは煮豆や切り干し大根の煮付けなどなど、まさに純和食、って感じの食卓だった。

なんとなく、上野原って洋食とか食べてそうなイメージだったけど、家じゃこんな感じなんだな……まぁ、全部の品が砂糖使う料理なのはイメージ通りだが。

「飲み物は麦茶でいい？」

「あ、はい。ありがとうございます」

「普通のと甘いのと超甘いのがあるけど、どれがいいかしら？」

「……普通のでお願いします」

麦茶が甘いだけでもツッコミたいんだが、さらにバリエーションがあるとかどういうこと？

上野原先生は残念そうな顔で、２つ並んだ冷蔵庫のうち大きい方の扉をパタンと閉めた。それからもう一方の扉を開いて麦茶の容器を取り出す。つーか大きいの《そっち》が甘いもの専用冷蔵庫かよ……。

「はっはっは、これじゃ年頃の男の子には肉分が足りないだろうなぁ」

と、俺の正面に座す遼太郎さんが上機嫌にコーラを呷《あお》る。あの、この甘々メニューにコーラって？　いくらなんでもツッコミ待ちだよな？

……いや、ダメだ。これ以上この家の糖分事情に触れるのはやめよう。キリがなさそうだ。

「もし足りなければあとでファモチキでも買いに行くか？　もしくは食後のラーメンで罪の味感じちゃうか？　なんなら屋根の上でカップ麺食いながら星でも見ちゃうか？」

「いえ、本当にお構いなく……ていうか最後のはなんですか」

「おじさんのポリシーだ」

「確かに季節は夏だし聖地は我が県だけどさぁ……」

っといけない、つい立場も忘れてツッコんでしまった。どこぞのＵＦＯラノベで聞いたようなセリフだったからつい。

失礼じゃなかったかな――と遼太郎さんを見ると、目をパチクリとさせていることに気づく。

「む、今のネタ通じるのか？　もしや長坂《ながさか》君、ラノベに詳しい？」

「え？　あぁ、はい……？」

あれ、ってことは、マジで今のネタ振りだったのか？

「おお、それはいいな！」

すると遼太郎《りょうたろう》さんはパッと顔を輝かせた。

「いやぁ、そうかそうか。おじさんも昔ハマってた時期があってなぁ」

「お、おぉ……！」

「朝から晩まで読み耽《ふけ》ってたぞ。集めすぎて置き場所なくなったから、専用の本棚作ってディスプレイ考えたりもしたなぁ」

ははぁ、なるほどなるほど……。

さっきのノリから薄々察してたけど、どうやら遼太郎さんは同志《オタク》であるらしい。

そう思うと急に親近感が湧いてきて、俺は意気揚々と話を膨《ふく》らませる。

「でも、昔の作品って周り全然読んでないんで嬉しいっす！　同じくらいの時期のだと半月とかもめちゃハマりました！」

「おーおー、読んだ読んだ！　逆におじさんは最近のは全然だけどなぁ」

社会人になってからご無沙汰《ぶさた》なんだ、と遼太郎さん。

「それにおじさんの時代は、二次元といえばゲームが主戦場だったから。ぶっちゃけそっちのが詳しいんだが……まぁ長坂《ながさか》君にはちょーっと年齢が足りないゲームだからなぁ……」

「あ、でも僕、コンシューマ移植されてるのならそこそこやってます。青春系限定ですけど」

「え、マジで？　じゃあ『友情は見返りを？』」

「『求めない』」

「……彩乃《あやの》。彼と結婚しなさい。きっと毎日超楽しい」

「こうなるのは読めてたけど、とりあえず死ねばいいと思う」

と、ちょうどそのタイミングで、部屋着に着替えた上野原《うえのはら》がリビングに入ってきた。

服は落ち着いた色合いの半袖《そで》シャツにハーフパンツ。全体的にダボっとゆったりしたシルエットで、外行きのしゃんとした格好とは違って、どこか隙を感じさせる雰囲気だった。

上野原、家じゃこんな感じなのか……結構色んな私服を見てきたけど、部屋着とか普通じゃ絶対に見ることのできない格好だからか、やけにドキドー——ってだから、心臓は少し黙ってろ。

上野原は後ろ手に扉を閉めて、こちらに歩いてくる。

服のシルエットと対照的にスラッと伸びた細長い手足。華奢《きゃしゃ》で白い首元。気持ち前に流された後ろ髪で見え隠れする鎖骨が、こう、すごく生々しく見えて——じゃねぇよ、何まじまじと舐《な》め回すように観察してんだ両目。お前は数字でも数えとけ。

俺は壁掛け時計の秒針を凝視して、いまいち落ち着きのない体を律することにした。

「まったく、こんな友達がいたんならもっと早くに紹介しなさい！　そしたら父さんめっちゃテンション上がって絡みに行ったのに！」

遼太郎さんが鼻息荒く捲《まく》し立てるように言う。

「それが嫌だからに決まってんじゃん頭大丈夫？」

「なー、長坂《ながさか》君、この娘ほんとツンデレだよなー。昔は『大きくなったらパパと結婚する！』とかドテンプレなこと言ってたのにさぁ」

「流石《さすが》にもうちょっと変化つけてほしい感ありますねぇ」

「……やっぱり最悪の組み合わせすぎる」

上野原《うえのはら》は苦しげに唸《うな》りながら額を押さえた。

「さ、親睦も深まったことだし、ご飯食べちゃいましょう。あんまり遅くなってもいけないし」

エプロンを外した上野原先生がやってきて、遼太郎《りょうたろう》さんの横に座る。

消去法で俺の隣には上野原が座り、俺たちは並んでご両親と向かい合う形に。

……うん。

なんか、こう。

ふと冷静になって考えると、これすっごい妙な絵面じゃない？

「わっはっは、なんかものすごい異様な光景だなぁ！　初対面・即・ご家族の食卓とか常軌を逸しててテンション上がる。母さんグッジョブ！」

「でしょ？　ねぇねぇ彩乃《あやの》、今どんな気持ち？」

「いつかこの親と絶縁したいと思ってる。いただきます」

「い、いただきます……」

と、隣の殺気のせいで、ご飯の味がするかも心配になってきた……。

◆

それからしばらく、談笑を交えつつ夕食となった。

流石に食事中はまともというか、日常会話のような他愛ない雑談ばかりで、ガッチガチだった俺の緊張も次第に解《ほど》けていった。うんまぁ、緊張の9割はお隣さんの殺意のせいだけどな。

「ご馳走様でした。美味しかったです、上野原先生」

「はい、お粗末様でした」

俺は両手を合わせて深々お礼を言う。

実際、すごく美味しかった。店の味とはまた違った、手作りの家庭料理のよさを凝縮したような、そんな優しい味わいだ。甘味から一切味変できなかったことを除けば大満足である。

「にしても男の子っていいわねぇ。食べっぷりが清々《すがすが》しいわ」

「すいません、お代わりまでいただいちゃって……」

「うんうん、もうすっかり我が家の一員って感じだなぁ。俺たちは家族だ、助け合って生きていくぞ」

「いや、それそんな軽々しく言っていいセリフじゃないっす」

あとそのルートじゃおたくの娘さんが大変なことになるぞ。

それから女性陣は後片付けでキッチンに引っ込んでいった。カウンターキッチンになっているから、二人の姿はここからも見える。

「母さん。食器洗い洗剤、詰め替え用のストックが切れてたから追加しといた。いつものとこに入ってるから」

「あら、悪いわね。そういえば消臭剤も切れそうだった気が……」

「とっくに交換したし。ていうか買い物行く前に消耗品の残量チェックしろ、っていつも言ってるじゃん。一緒に買ってきた方が効率的なんだから」

「んー、そういうとこ細かい娘ねぇ……自分のことは雑なくせに。さっき部屋でドタバタしてたのは何のためかしら？」

「口を動かすな手を動かせ」

とかなんとか、和気藹々《さつばつ》とした掛け合いを繰り広げている二人。

部屋でドタバタって、片付けでもしてたのか？

なんでこのタイミングで……って、いや、まさか。

もしかして、俺が入ってもいいように、とか——じゃ、ないですから。ラブコメ脳は働かなくていいですから。

「じゃあ彩乃《あやの》はお皿洗ってくれる？　私はコンロの掃除しちゃうから」

「はいはい」

上野原《うえのはら》は口にゴムを咥《くわ》え、髪をポニーテールに結び始めた。

それからふと横を向いた拍子に、ゆったり広く開いた袖《そで》がこちらの方に向けられ、俺は慌てて目を逸《そ》らす。

あ、あぶな……今、ちょっと、袖口の奥に肌色が見えた気が……。

ていうか上野原のおばか！　もうちょっと自分の服装考えて行動して……ってだから！

そもそも見てる俺の方が悪いっつーの！

俺は再び秒針で心を落ち着けてから、密かにため息をつく。

——なんか。

どうも、さっきから、上野原に目が行ってしまう。

予想外に発生したこの〝ラブコメイベント〟のせいで、気分が浮わついてるのか……？

そもそも、上野原は〝共犯者《あいぼう》〟だ。節操なくラブコメ思考を働かせちゃダメだろうに。

ラブコメは、ちゃんと〝ヒロイン〟相手にやるべきで——って、あれ？

俺はふと、疑問に思う。

かつての〝計画〟の〝ヒロイン〟と、これからの〝真・計画〟の〝ヒロイン〟——。

それって同じに、なるのか？

「いやー、片付けはいつもおじさんの担当なんだがなぁ」

——と、遼太郎《りようたろう》さんの言葉が耳に飛び込んできて、思考が霧散する。

「今日は代わってもらったんだ。でなきゃ落ち着けないからな」

「はぁ……えっと、なんでまた今日は？」

「だって長坂《ながさか》君、おじさんに話したいことがあるんだろう？」

不思議そうに言われ、俺はハッと我に返る。

……そうだ、そうだろ。

何のためにここに来たと思ってるんだ。今大事なのは〝イベント〟のための〝武器〟を手に入れることじゃないか。

俺はコホンと咳払《せきばら》いを一つして、椅子に座り直す。

それからぴしっと姿勢を正し、強制的に頭を切り替える。


——よし。

気合いを入れろ、俺。

失敗は、許されない。

ここからが——。

本題だ。

「実は……遼太郎《りょうたろう》さんに、お願いがありまして」

「なんだい？」

俺は努めてゆっくりと、心を落ち着かせながら話す。

「彩乃《あやの》さんに聞いたんですけど、遼太郎さんってフリーのＳＥなんですよね？　アプリ開発とかもやってるっていう」

「ああ、うん。まぁアプリ《そっち》は副業みたいなもので、本業は機械学習《AI》屋だけどね」

「それを見込んで、なんですけど——」

俺は両膝の上に置いた拳《こぶし》をぐっと握った。

「実は——あるアプリを作っていただけないかな、と」

「……ふむ？」

遼太郎さんがぴくり、と耳を反応させた。

——そう。

俺が構想している〝真《シン》・計画《プロジェクト》〟。

その史上最大規模の〝イベント〟には、どうしてもスマホで使えるアプリが必要になる。

そのアプリは〝イベント〟の根幹を担うインフラであり、同時に現実に打ち勝つための〝最終兵器〟でもある。正直それがなければ、達成は不可能といってもいいくらい重要なものだ。

当初は、自分で作ろうと思っていた。プログラミングはできずともアプリを作れるサービスがあるらしいから、なんとかなるんじゃないかと思ったのだ。

だが、それはせいぜいフロントエンド——見た目の動作に関わる部分だけで、核となるロジックの部分は、素人《しろうと》の俺じゃ太刀打ちできそうになかった。

やむを得ず専門家に頼るにしても、どこにどう頼めばいいのか、信頼できる業者なのか、費用がどこまで膨《ふく》らむか、納期や柔軟性はどうなのかなどなど、気にしなければいけないことが多く、途方に暮れていたのだ。

そんな時、ふと上野原《うえのはら》の親父さんがSEだという情報を思い出し、一縷《いちる》の望みをかけ、こうして依頼にやってきた——というわけだ。

「——アプリ開発か。ゲームでも作って売りたいとか？」

遼太郎さんは口髭《ひげ》を撫《な》でながらそう尋ねてきた。

「いえ、違います。えっと、なんというか……ワ、ー、ク、フ、ロ、ー、ア、プ、リ、と、か、チ、ャ、ッ、ト、ア、プ、リ。あと、マ、ッ、チ、ン、グ、ア、プ、リ、っぽい動作が必要になるのかな、と」

「む、ワークフローにチャット……と、マッチング……？」

聞き慣れない組み合わせなのか、遼太郎《りょうたろう》さんは首を傾《かし》げる。

「厳密には違うかもなんですけど……やりたいのは、こう、申請とか承認みたいな作業を簡略化したり、色んなデータを集中的に管理したり、データベースの情報を自動的に関連付けて表示したり……あとできるなら、位置情報と連動して通知出せたりとか、チャットボットみたいな機能とか――」

「へぇ……」

「――すいません。僕も専門知識があるわけじゃないので、こんな五月雨式な言い方しかできないんですが」

「いやいや、それは構わないよ。素人《しろうと》さんを相手にするのも仕事のうちだ」

そう言って、今度は正面に座る遼太郎さんが居住まいを正した。

「……そうだな。仕事の話ということなら、きちんとお客さんとして対応しようか」

ピシン、と。

作務衣《さむえ》の襟《えり》元を伸ばして、こちらに正対する。

そして――。

「それじゃあ――要件定義を、始めようか」

――っ！

遼太郎さんの、身に纏《まと》う雰囲気がガラリと変わる。

その顔には、さっきまでの緩《ゆる》んだ印象はない。最初に見た時と同じか、いや、それよりも強い圧を感じる。

――仕事人《プロ》モード、ってことか。

俺はごくり、と唾《つば》を飲み込んで、警戒レベルを一段階上げた。

「そうだな……細かな要件仕様を詰める前に、まず予算を教えてくれないか。それによって、できることが全然変わるからね」

どくん、と心臓が跳ねる。

……やっぱり、まずは予算《それ》か。

当然、プロに依頼するんだ。俺としても、きちんと対価は支払う心構えで来ている。

だが――。

「その……今用意できるのは、このくらいで」

俺はスマホを操作して、オンラインバンクの口座を表示して見せる。

それは来るべき〝計画〟に備え、浪人中に必死に稼いだラブコメ予算《ちょきん》だった。

今までの活動で一部使っているが、それでもまだ普通の高校生が持つ額とは思えない数字が並んでいる。

「ふむ……」

しかし、遼太郎《りょうたろう》さんは。

「申し訳ないが、桁がまるで足りないな」

「……っ」

くそっ……！

やっぱり、これじゃ足りないのか！

「君がどの程度の成果物《もの》を想定してるかは知らないが……商用サービスとして運用できるレベルなら、開発だけでも最低3か月。テスト、ドキュメント整備、クラウドサーバの設定諸々、全て含めれば最速でも半年はかかる。当然、その間の私の稼働コストがかかるのはわかるね？」

「――」

「これでも専門職《プロ》なんでね。これで生活している以上は、安請け合いはできない」

厳しく突っぱねられてしまい、俺は目線を下げる。

「それでもやってほしいというのなら、まずは資金調達からだな。銀行は……まぁ、君の年じゃ厳しいだろうから、クラウドファンディングなんかを利用するのをオススメするよ」

ぎり、と歯を食いしばった。

……それができるなら、苦労はない。

でも、そんなことをやってたら、時間が。それじゃ〝イベント〟に、間に合わないんだ。

「話の続きはそれからだ。いいかい？」

「ま、待ってください……！」

椅子を引いて立ち上がろうとする遼太郎さんを、慌てて制する。

何か……何か、説得できる材料は。

他に何か、交渉できることはないのか……!?

「……ちょっと、父さん」

必死に頭を巡らせているうちに上野原《うえのはら》がやってきた。こちらの様子を窺《うかが》っていたらしい。

「あのさ。そこまで厳格にやらなくても――」

「彩乃《あやの》。今はクライアントと、仕事の話をしている。黙ってなさい」

ぴしゃり、と。

今までの対応が嘘《うそ》のように厳しい口調で断じられて、上野原は怯《ひる》んだ。

だが――。

「……、あっそ」

それも、一瞬だけ。

上野原《うえのはら》はツカツカと俺の横まで歩いてくると、どかんと隣の椅子に腰掛ける。

ぽかんとそれを見る俺と、虚をつかれたような遼太郎《りようたろう》さん。

そして――。

「私も、クライ、ア、ン、ト、側、だから。言いたいことがあるなら、私を通してからにして」

――と。

堂々と、胸を張って、そう言い放った。


「……ほぉ?」

遼太郎さんが、驚いた様子でその目を見開く。

上野原――。

手助け、してくれるのか……?

俺が隣に目を配ると、上野原は一瞥《いちべつ》だけ寄越してから口を開いた。

「そもそも、今は手持ちプロジェクト何もないはずでしょ。ただ朝昼晩だらだら過ごしてるくせに、稼働コストはおかしいいんじゃないの?」

そう上野原は、いつものように。

俺の〝共犯者〟として、毅然《きぜん》と言い放つ。

遼太郎さんは一度鼻を撫《な》でたあと、元の態度のまま続ける。

「そういう問題ではない。プロとして、スキルの安売りはしないと言っている。トラブル防止の意味でも、リスクを含めた対価を頂くのは当然の措置だ」

「リスクも何も、ゴネたり訴えたりするわけないじゃん。そもそも、アプリ開発なんて父さんにとっては片手間でしょ？　この前だって、趣味で1個作って無料公開してたし」

「自分の責任範囲に留まる開発と、クライアントオーダーを一緒にするな。それに低予算短納期のプロジェクトは、総じてクライアントに皺《しわ》寄せがいく」

「なにそれ、お金がないと手抜きで仕事するってこと？　いつも『面白い仕事は必要以上に頑張っちゃう俺ってほんとバカ』とかドヤ顔で言ってるくせに」

「論点をすり替えるな。それと、ビジネスの場でそういう挑発的な発言をするのはやめなさい」

わがままを言う子どもを叱るような言葉に、ぐっ、と堪《こら》える素振りを見せる上野原。

――さっきから、遼太郎さんの発言は全て正論だ。

反面、上野原の論は、いちゃもんに近い。これじゃただワガママを言っているだけに見えても仕方がない。

そう……。

あの理屈魔人の上野原にしては、些《いささ》か論が粗いような――。

「てか、お金がなきゃ細かな話すら聞かない、っていうのは何で？　一部だけならできるとか、こういう条件ならいけるとか、そういう調整すらしてくれないの？」

「現状の予算感ではどうやっても不可能だと、そう見積もったから言っている。プロトタイピングだけで終わってもいいというのか？」

——いや。

そうか、まさか。

「じゃあ試作品《プロトタイプ》を作るだけじゃダメな理由は？　その分のお金支払えば文句はないはずでしょ」

「試作品を納品しておしまい、というのは私のポリシーに反する。品質が保証できない成果物に商品価値はない」

やっぱり……そうだ。

今までのやりとりを振り返って、俺は確信する。

上野原《うえのはら》は——俺に、情報を与えてくれている。

上野原の話しぶりは、遼太郎《りょうたろう》さんの考えや思考を、掘り起こすためのもの。俺に判断材料となる情報《データ》を与えるためのものに他ならない。

俺の武器は、情報《データ》だ。情報《データ》を元にした、確度の高い推論に基づく行動だ。

となれば……今の俺が、すべきことは。

その情報《データ》を、最大限に有効活用すること。

それに、尽きる。


——考えろ。

持っていた情報から、今までのやりとりで得た情報から、今まさに上野原が与えてくれている情報から。

遼太郎さん相手には、どう言えばいいのか。

どう提案すれば、その琴線に触れるのか。

趣味嗜好《しこう》を理解し、性格を分析し、行動傾向を予測し、思考回路を再現しろ。

考えろ、考えろ、考えろ——。


「——もういい。彩乃《あやの》、お前がこれ以上何を言っても時間の無駄だ」

重々しくため息を吐《つ》いて、遼太郎さんは話を打ち切ろうとする。

「待って父さん、まだ——」

「遼太郎さん」

俺は顔を上げて、上野原の言葉を遮《さえぎ》る。

「お話は全部、わかりました。全て、ごもっともだと思います」

「耕平《こうへい》――」

何か言いたげにこちらを見る上野原《うえのはら》を左手で制し、その目を見返す。

――大丈夫だ。糸口が見えた。

そう言葉を乗せた頷《うなず》きで答えて、小さく笑って見せる。

俺の意図はちゃんと通じたようで、上野原は口を結んでコクリと頷き、椅子の背もたれにとすんと体重を預けた。


――さて。

必要な情報は、揃《そろ》った。

ここからが――〝主犯〟の、腕の見せ所だ。


俺は毅然《きぜん》と遼《りょう》太郎《たろう》さんを見返してから話し始める。

「確かに、僕の考えが甘かったです。プロに仕事として依頼するには、色々と足りないものが多かったと思います」

「ふむ……」

「だからそれは諦めます。仕事の発注はしません」

「……む？」

そして俺は一呼吸開けてから、切り出した。

「僕と一緒に――面白いアプリの開発を、しませんか？」

その提案に、遼太郎さんの眉《まゆ》がぴくりと跳ねた。

――そうだ。

遼太郎さんはここまで、アプリが『クライアントに納品する商品』であるという前提で、論を展開していた。だからこそリスクを最大限勘案し、品質の担保できないものは納品できない、と主張していたのだ。

なら必要なのは、発想の転換だ。

そもそも、売り物じゃなくしてしまえばいい。

「遼太郎さんは、趣味でアプリ開発されることもあるんですよね。それってなぜですか？」

「なぜ、か。それはまぁ、アイデアを形にしたくなったりだとか、新技術を試してみたかったからだとか……」

ああ、そうだろうな。

遼太郎さんの今までの言動や振る舞いを見るに、きっと金銭云々《うんぬん》はさほど重視していない。

そうでなければ、仕事に空きができた時に遊び呆《ほう》けているということはないはずだ。

その行動原理の根底には、もっと子どもっぽい動機──。

恐らくは『面白い仕事をしたい』という動機がある。

「だとしたら、僕のアプリはきっと面白いと思いますよ。なんせ、今まで見たことも聞いたこともないようなものになるはずですから」

「……ほぉ？」

「その分、制作のハードルは高いと思いますけど。技術的に可能かどうかもわかりませんし」

ただもし、と。

「そんなものを完璧《かんぺき》に作り上げることができたとしたら……技術《テクノロジー》の最先端に立てるかもしれませんよ？」

「──」

遼太郎《りようたろう》さんは、思案げに顎髭《あごひげ》を撫《な》でている。

反論がない、ということは感触は悪くないはずだ。

ならここで──一気に畳みかける！

「とはいえ、完全に無償でやっていただくのは僕だけが得をするようで申し訳ないので……そうですね。アプリ開発で得られる権利とかプログラムは、全てそちらにお渡しします。流用でも何でもしていただいて構わないです」

「ふむ……」

元より俺は、これを使って商売するつもりはない。

ただ〝イベント〟のためだけに使えれば、それでいいのだ。

「開発中のサーバー代とか、アプリストアの登録料なんかの費用もこちらで負担します。僕としては、１０００人規模の少ないユーザーを対象にサービスを提供できれば十分なので、維持コストはそんなにかからないはずです」

「いや、それよりも、だ」

遼太郎さんは手を横に振って遮《さえぎ》ってから、俺の目を見た。

「長坂《ながさか》君。君は――」

ギラリ、と。

その瞳を、鋭く光らせて。

「本気で言ってるのか？　その道の専門家《プロ》である私が驚くような発想《アイデア》を、君が持っていると？」

そこまで言うからには、覚悟はできているんだろうな――と。

俺を試すような、そんな物言いで、問いかけてきた。

「ええ、もちろん――」

だから、俺は。

負けじとその目を見返して、ハッキリと答える。

「僕の発想は、僕にしか思いつけない唯一無二のものです。絶対に退屈させないことを、お約束します」

――シン。

部屋の中に、しばしの静寂が訪れる。

俺は膝を両手で強く握りながら、遼《りょう》太郎《たろう》さんの答えを待った。

しばらくして――。

「――なるほど、なるほど」

ふっ、と。

遼太郎さんは、不意にその身に纏《まと》う威圧感を弱めて。

「なぁ母さん。聞いた通り、本当に面白い子みたいだな、長坂《ながさか》君」

「ふふ、でしょ？」

と、カウンターテーブルに頬杖《ほおづえ》をついて聞いていた上野原《うえのはら》先生が微笑《ほほえ》む。

「父さん……」

上野原の言葉に、遼太郎さんはわしゃわしゃと髪を掻《か》き乱してから。

「いいだろう、長坂君」

そして――。


「君のその自信を、信じてみようじゃないか。契約成立だ」

そう言って、ニカッと歯を見せて笑った。

――いよっしゃっ！


俺は机の下でガッツポーズを取り、そのまま拳《こぶし》を上野原の方へと向ける。

それに気づいた上野原は、小さく息を吐いてから、拳をこつんと合わせてくれた。

「ありがとうございます、遼太郎《りょうたろう》さん……！」

「もちろん、細かい話を聞いた上で興味が持てそうだったら、だけどな。もうちょっと具体的に教えてくれるかい？」

「も、もちろんです……！」

フレンドリーな態度に戻った遼太郎さんに、俺は構想をざっくばらんに話して聞かせる。


――。

――……。


「――なるほどなぁ」

ひとしきり説明し終わったところで、遼太郎さんは髭《ひげ》を撫《な》でながら呟《つぶや》いた。

「確かにそれは……オリジナルだわなぁ」

「またすごいこと考えたわね、長坂《ながさか》君。もううちの大学来ちゃえばいいのに」

入試課に声かけとくわよ、と、本気か嘘《うそ》か、上野原《うえのはら》先生がノリノリで提案してくれた。

「つーか、ほんとに君、彩乃《あやの》と同じ高1？　実は若返りの薬を飲んだ高校生活2週目のオッサンですとか言われてもおじさん驚かんぞ」

「ま、まぁ、1周目であることは間違いないですが……」

一般的な高1よりかはちょっとだけ長く生きてるけどな。

「だから言ったじゃない。ただの高校生だと思うと痛い目見るわよ、って」

言いながら、上野原先生が剥《む》いた梨を持ってきてくれた。

「はいどうぞ。喉渇《のど》いたでしょ」

「あ、すいません。ありがとうございます」

「んー確かに、あの母さんが買うくらいだもんなぁ……おじさんなんか興味持ってもらうまでに何回アプローチしたことか」

「あら、あなたも最初から評価は高かったわよ」

「えっ、マジ⁉　20年以上一緒にいて初耳なんだけど⁉」

「知的好奇心がくすぐられる、って意味でだけど」

「パパ珍獣扱い！」

ぎゃーす、と頭を抱《かか》える遼太郎さん。

なんつか……すごい既視感を感じるやりとりな気がして、そわそわする……。

「……なぁ。もしかして、傍目《はため》に見ると俺ってあんな感じ？」

「ノーコメント」

上野原は苦虫を噛《か》み潰《つぶ》したような顔で答えた。

うーん、共感性羞恥《しゅうち》ってこういうことなのかなぁ……。

「しかし……長坂《ながさか》君のアイデアだと、ＡＩ技術がバッチリハマるかもな……自然言語処理、BARTか、いやどうせだしRoBARTa使ってみるか？　知り合いにも当たってみて……確かフレッドがその辺詳しかった気がすんなぁ」

遼太郎《りようたろう》さんは顎《あご》に手を置き、うんうんとしきりに頷《うなず》きながら算段を立てている。

顔はうずうずと楽しげで、その目はキラキラ輝いているように見えて、まさにおもちゃを目前にした子どものようだ。

「どのみち、ベースとなる教師データは長坂君の協力が不可欠か。データ揃《そろ》えるの大変だと思うけど大丈夫かい？」

「あ、はい、もちろんです！　データ《それ》なら任せてください！」

「お、いい返事だ。それでも納期を考えたら突貫工事の荒療治になりそうだが……ま、おじさんに任せとけ。これでも会社辞める時に『外注でいいから仕事してくださいお願い』ってパワハラ上等バブル脳クソ部長から泣きつかれるくらいの大天才だからな、ガッハッハ」

「……また始まった」

「お父さんの社畜ネタは長いのよねー」

ノリノリで過去語りを始める遼太郎さんに、呆《あき》れた様子ながらも相手をしている女性陣。

そのやりとりはとても自然で、すごくこのリビングの景色と馴染《なじ》んで見えた。

——なんだかんだで、めっちゃ仲のいい家族、だよな。

その中に自分がいるという事実が、なんだか妙にくすぐったく感じて、俺は苦笑いしながら頬《ほお》を掻《か》いた。

◆

それから口頭で大雑把な仕様を詰め、きちんとしたキックオフは後日改めて、ということになり、本日は解散となった。

時刻はもう完全に夜だ。親には上野原《うえのはら》先生からそれらしく事情を説明してもらってるから問題ないけど、今から電車に乗って帰るとなると、家に辿《たど》り着くのは真夜中になりそうだった。

「この時間だと……あ、くそ、ちょうど出ちゃったか」

経路検索アプリで調べたところ、次の電車は50分後。元々30分に一本しかないような田舎路線だ。夜になればその本数はさらに減る。

「ああ長坂君、それなら車で送ってこうか。自転車だけ駅に置けばいいかな?」

と、遼太郎さんがリビングの小物入れから車のキーを取り出してくる。

「いやいや！　流石《さすが》にそこまでしていただくわけには……うち、めっちゃ遠いですし」

「いいっていいって。何ならもうちょい仕様詰めときたかったし、ついでに夜のドライブしたい気分だし」

「でも――」

「わっはっは！　平日夜のＳＡであえてのやっすい缶コーヒー飲みながら明日もご通勤のみなさんに対して〝勝ち〟を実感してやるぞー！」

とかなんとか、遼太郎《りようたろう》さんはやけにノリノリな様子で、俺の言葉を聞くこともなくぴゅーと出ていってしまった。

ぽかんと口を開けてその背を見送る。

「な、なんてしょうもないマウントだ……」

「あの人、若い子と話ができて嬉しいのよ」

エプロンで手を拭《ふ》きながら戻ってきた上野原《うえのはら》先生が苦笑しながらそう言った。

「ずっと家にいる仕事だし、人と関わることもそう多くないから。彩乃《あやの》は全然友達とか彼氏とか彼氏とか連れてこないし」

「うるさい黙れ。脈絡なく余計なこと喋《しやべ》るな」

「だから悪いけどもうちょっと付き合ってあげてくれる？」

極寒の殺意《オーラ》を叩《たた》きつける娘を無視して、上野原先生がウインクを飛ばしてくる。

いやまぁ、俺としては構わないどころか、めっちゃありがたいからいいんだけどさ……。

「おーい長坂《ながさか》君、早く早くー！」

「あ、はい！」

玄関から届く声に急《せ》かされて、隅に置いていたリュックを肩に掛ける。

「それじゃ、お邪魔しました！　本当に色々ありがとうございます！」

「いえいえ。またいつでもいらっしゃい」

「じゃあな、上野原。今回も、ほんと助かった」

「……ん」

「ふふふ、『ん』だってこの子。一丁前に照れてるのかしら？　せっかく部屋を片付けたのに、意味がなくて残念ね？」

「おい、いい加減にしろ……？」

「そ、それではおやすみなさいませ！」

殺意の巻き添えになりそうな気配を感じた俺は、挨拶《あいさつ》もそこそこに家から飛び出した。

ていうか、部屋の片付けって、マジでそういうラブコメ的な——じゃないっつーの！　隙を見せたらすぐこれだ！　勘違いしないでよね、この大馬鹿野郎！

ピンクな脳に鉄拳制裁を加えながら、駐車場へ走る。

外はすっかり真っ暗だ。駐車場では遼太郎さんがＳＵＶのハッチバッグを開け、俺の自転車を積み込んでいた。

「すいません、お待たせしました！」

「お、じゃあ行こうか。助手席に乗ってくれ」

バタンと扉を閉め、運転席に乗り込む遼太郎《りょうたろう》さん。

俺は言われるがまま、助手席に座ってシートベルトを締めた。

「じゃあ、お世話になります」

「よーし、おじさんアニソンかけちゃうぞー！　彩乃《あやの》がいると無言の圧が怖くてかけられないからなー！」

「はは……」

ほんと水を得た魚みたいなはしゃぎ方してるなぁ、この人。いや例えるなら、同志を得たオタクの方がマッチしてるか。

そして車は、ブオン、と腹に響くような重低音の排気音を轟《とどろ》かせ、夜の街へと走り出した。

◆

10分ほどで峡国《きょうごく》駅に到着し、自転車だけ降ろして再び車へ乗り込む。

俺たちを乗せた車は、峡国市街を縦貫する塀輪《へいわ》通りと呼ばれる道路を南へ走る。ここは駅前のメインストリートであり、県内でも珍しいビルが立ち並ぶ光景が両サイドに広がっていた。

「――へぇ、今ってオタ趣味フルオープンでいけるのかぁ。そうだよなぁ、オタクが蔑称《べっしょう》じゃないんだもんなぁ」

ビルから漏れる明かりを横目に、俺と遼太郎さんは今昔オタク話で盛り上がる。

「おじさんの時代は学校でラノベなんか読めなかったぞ。カバー付けないで読んでたら『おいこの表紙見ろよこいつオタクだぞ！』とか言われたことあるし」

「あー、それは萎《な》えますね……漫画と何が違うんだ、って感じで」

「そうそう、萌《も》えっぽいイラストだからアウト、みたいな謎理論持ち出されてさぁ……そういや最近あんま萌えって聞かないな」

「そういえば言わないですね。なんかメイド喫茶で言ってそうな印象しかないかも」

「マジかよ……こうやって人はおじさんになってくんだな……」

ふっ、と窓縁に肘《ひじ》を置いて遠い目をする遼太郎さん。過ぎ去るビル街を背景に黄昏《たそが》れる姿はマジで海外俳優みたいだけど、黄昏れてる理由がアレなだけにサマにはなってない。

車は市街地を抜け、静川《しずがわ》の堤防沿いを走っている。ここまでくると背の高い建物は皆無になり、長閑《のどか》な景色が周囲に広がっていた。高速のインターチェンジは、川を渡ってすぐだ。

「えーと、団子坂《だんござか》スマートで降りればいいんだよな？」

「はい。そこからが一番近いので」

「ほいほいっ、と。それじゃ1時間かかんないくらいで着くな」

ピンポーンと音を響かせながらＥＴＣレーンを通過し、上り車線側の合流路へ向けハンドルを切る遼太郎さん。

車は徐々にスピードを上げて本線へと入る。都心方面に向かう道ではあるが、平日の夜ということもあってか車の通りはさほど多くなかった。

びゅんびゅんとリズミカルに通り過ぎる照明と、暗闇《くらやみ》に浮かぶような盆地の夜景を横目に、車はどんどん街から離れていく。

しばし無言で、ぼんやりとその景色を眺めていると——。

「——で、だ。お約束《テンプレ》だし、一応聞いておこうと思うんだが」

「はい？」

「ぶっちゃけ付き合ってるのか、彩乃《あやの》と？」

「ごほっ」

思わず咽《む》せてしまった。

し、しまった、油断した。お約束の時点で察するべきだった……。

「お、動揺したな。『娘はやらん！』とか言っていい？」

「い、いや、違います！」

「そうやって慌てて否定するところまでがテンプレ」

「ガチのマジです……」

くそ、お作法《テンプレ》に習熟されてるとこういう時厄介《やっかい》だな……。

遼太郎《りようたろう》さんは「えー」と胡散臭《うさんくさ》そうにこちらを流し見る。

「それにしちゃー、息ぴったしだったと思うけどな。ほら、さっきの要件定義の時」

「え……」

「あれよ、あれ。あのアイコンタクト」

「ゲフン！」

えっ、ウソ、やばい、アレ気づかれてたの!?

遼太郎さんはニヤニヤと笑いながら続ける。

「こう、瞳と瞳で通じ合っちゃってる感じ出しちゃってさぁ。なにあれ『後は俺に任せろ』って伝えたかったの？」

「――ッ！」

「そんでうちの娘も『じゃあ任せた』みたいな顔して神妙に頷《うなず》いちゃってまぁ……」

「あわ、あわわ……！」

「あれで付き合ってないとか言われても信じられないだろ、常識的に考えて。というか、よく実の父親の前で堂々とそんなんできたな？」

「ヒイ……ッ！」

将来は大物になれるな、とからから笑う遼太郎さん。

ああ、くそっ！　ついいつものノリでやっちまったけど、そう冷静に言われるとすごい恥ずかしいことした気分になってきたじゃないか！

俺は赤くなる顔を誤魔化すように言葉を重ねる。

「ち、違うんです！　俺と上野原《うえのはら》は、ほんとにそういうんじゃなくってですね。なんというか、ビジネスパートナーというか戦友というか……」

ふーん、と遼太郎《りようたろう》さんは訝《いぶか》しげに言ってから。

「少なくとも、おじさんから見たら、完全に主人公とヒロインってノリだったけどなぁ」

——ドクン。

不意に口にされた、その表現に、身体が反応する。

……主人公、と。

ヒ、ロ、イ、ン？

俺が唐突に黙ってしまったせいか、遼太郎さんは「はっは」と空気を切り替えるように明るく笑う。

「いや、すまんすまん。ついからかっちまったけど、別に咎《とが》めたいわけじゃないぞ。気に障ったなら謝るよ」

「……」

いや、そうじゃなくて――。

なんで、俺は。

その表現で、胸が苦しくなってんだ？

「むしろ感謝してるんだ、長坂《ながさか》君には」

俺がその感覚を消化し切れないでいるうちに、遼太郎さんは話を進める。

「母さんから、あの彩乃が入れ込んでる、って聞いた時は眉唾《まゆつば》だったけどな。さっきのやりとりを見て信じることができたよ」

そう語る遼太郎さんの瞳は優しげで……。

でもどこか、寂しそうな。そんな目に見えた。

「だからな。どんな関係であれ、君が彩乃《あやの》と仲良くしてくれてること。それを本当によかったと、そう思ってるんだ」

いや――。

それより、気になったのは。

「……遼太郎さん。あの彩乃、ってどういう意味ですか？」

ふっ、と一瞬、視界が暗くなる。

どうやら車が、照明のない山間部のエリアに入ったらしい。

「——うん。それはね」

そしてすぐに、煌々《こうこう》と照明の灯されたトンネルに入る。真っ暗だった視界がパッと明るくなって、目が眩《くら》んだ。

黄色い照明が照らす遼太郎《りょうたろう》さんの横顔は、真面目なものに変わっていた。

「今まで見ていてわかったと思うが……私も妻も、わりかし世間一般の大人とは違ってな」

「え……？」

質問からズレた話が始まって困惑するが、遼太郎さんは「まぁ聞いてくれ」と続けた。

「お互い、常識とか社会ってものに縛られるのが嫌いでね。私の場合はまぁ、組織ってのが性に合わなくてな。明らかに時代にそぐわないルールに従わにゃならんかったり、ストレス溜めるだけの研修だの飲み会だのに半ば強制的に参加しなきゃならんかったり、態度がデカいだけで役に立たない上司の尻拭《ぬぐ》いばっかさせられたり……それでもIT企業か、ってな」

ぺっ、と唾《つば》を吐くような仕草をする遼太郎さん。

「何より、みんな内心じゃ嫌だって思ってるくせに『それが社会の仕組みだから』とか諦めて従ってるのが気に食わん」

「……」

「仕事は辛いのが当たり前だとか、生活のためには我慢して耐えるしかないだとか、そんなわけあるか。お気楽にやりたいことやって金稼いで暮らすのが一番に決まってんだろ——と、死んだ魚の目で通勤してるリーマンたちを見て、急に思ってな。次の日に退職届叩《たた》きつけてやったわ」

「そ、そうだったんですか……」

それはそれで、すごい思い切りのよさだな……。俺でも知ってるレベルの大企業勤めだったらしいし、少しくらいは躊躇《ちゅうちょ》しそうなものだけど。

「だが、そうやってすぐに決心できたのも『俺には俺にしかない技術《もの》がある』って自信があったからでね。組織に頼らなくとも食いっぱぐれることはない、と思ったから即決できたんだ」

と、俺の内心を見透かしたように、そう続ける遼太郎さん。

「頼れるものは手に職、ってわけだ。そういう意味じゃ、妻も似たようなもんだな。彼女の場合は元々学者の才能があったから、あとはその道で食っていく、って覚悟だけだったが」

だから、と。

遼太郎さんは——。

「私たちは、彩乃《あやの》にも——そういう、自分を支える力を持ってほしかったんだ」

そう――。

優しさを感じさせる声音で、上野原《あいつ》の名前を出した。

「そうすれば、いざという時に自分の身一つで生きていける。嫌な世間のしがらみに囚《とら》われる必要はないし、体を壊したり心を病んだりする前に別の道を選べる」

「……」

「それに、自分の裁量で仕事がコントロールできりゃ、毎日家族と一緒に食卓を囲める。それが一番の幸せだろ、って思ってな」

遼太郎《りょうたろう》さんはそう言って微笑《ほほえ》む。

……そうか。

上野原《うえのはら》のこと、本当に大事に思ってるんだな……。

「だから私たちは、小さい頃からあの子に『自分にしかできないこと』を探せ、と口を酸っぱくして言ってきた。なんでもいいから『これだけは負けない』ってものを持つように、と」

――と、そこで。

遼太郎さんは、遠くを見るように目を細めた。

「だが――どうにもそれが、あの子にとっては酷なこと、だったらしい」

先ほどまでと打って変わった、重苦しい口調で、呟《つぶや》くように言う。

車はトンネルから出て、再び周囲が暗闇《くらやみ》に包まれる。

「小さい頃から、なんでも上手にできる子ではあったが。あの子には、私たちみたいに『これがやりたい』という強い拘《こだわ》りや、『これが好き』と断言できるものがなかったんだ」

「……」

「だからか、成果が得られないとすぐに手を引いてしまうんだ。『うまくできないのに時間を使うのはもったいない』ってな。長く続けていた陸上も、中学最後の大会で結果が残せなかったことで辞めてしまった」

賢い子だったんだ、と遼太郎さんは続ける。

「別に私たちは、その分野で一番になることを求めてたわけじゃない。順位とか他人からの評価とか、どうでもいいんだ。ただ胸を張って『これは自分にしかできない』と言えるなら、それで」

「……」

「だが彩乃《あやの》には……それが、よくわからなかったらしい。だから客観的な数字でしか判断ができずに、仕舞いには『一番になれない自分には価値がない』と、そんな風に思うようになってしまった」

そこで遼太郎さんは言葉を切って、無言の時間が流れる。

一番になれない自分には、価値がない――。

その言葉を脳内で反芻《はんすう》して、俺はぎゅっと拳《こぶし》を握りしめた。

車が風を切る音だけが、周囲に響いている。

「そんなことはない、といくら口で言ったとしても、ああいう子だからな。自分が納得できる理屈がないと受け入れようとしない」

変に捻《ひね》くれてるところだけ私たちにそっくりだ、と遼太郎《りようたろう》さんは自嘲《じちよう》げに言う。

「だからずっと、気を揉《も》んでいた。このままこの子は、自分に価値がないなどと誤解したまま生きていくしかないのか、ってな」

だが、と。

遼太郎さんは、ふっ、と笑う。

「さっきの姿を見て——だいぶ、気が楽になったよ」

「……え」

「なんせ、今まで見てきたあの子の中で、一番ものわかりが悪かった。これだけは譲れないって、そういう態度だったからな、あれは」

あ……。

「だから、長坂《ながさか》君には感謝しているんだ。もしかすると、あの子にしかできないことを見つけてくれたのかも、ってな」

再び車が、トンネルに入る。

真新しい照明でライトアップされた道路が、光り輝いて見えた。

「……これもまた、テンプレ《ありきたり》のオヤジムーヴではあるが」

そう言って、遼太郎さんは。

「これからも、娘と仲良くしてやってくれ。たぶんあの子にとっては、自分を支える何かを探すよりも――」

優しく微笑《ほほえ》みながら――。

「だれかの支えになることの方が、きっと性に合ってるんだ」

そう、俺に。

そのかけがえのない、大事な、想いを。

ぽん、とさりげなく――託して、くれたのだった。

「――」

俺は……。

俺は。

「――……」

そんな……尊い想いを。
受け取って、いいのだろうか。
軽々しく、頷《うなず》いてしまっていいのだろうか。

だって俺は――。
まだ、よくわかっていないんだ。

「俺が……あいつに、何かしてやれるかは……正直、わからないです」

この胸に残る、もやもやとした気分を。ふわふわとした感情を。
あいつに対する想いの、その、形を。

「でも――」

でも。

これだけは、断言できる。

「俺が──〝主人公《おれ》〟で、あり続けること。それは、お約束します」

俺はもう〝理想〟を投げ出すことはない。

俺はもう〝共犯者《あいつ》〟を遠ざけることはない。


それだけは──。

今の俺が、確約できること、だった。


「──もちろん、それでいいさ」

遼太郎《りょうたろう》さんは、柔らかい声音で、そう応じてくれる。

そしてその雰囲気を、お気楽なノリに戻して。

「つーかさ……今の、全体的に深イイ話っぽくてヤバくないか？　おじさん、今めっちゃカッコよくなかった？」

「……わかります。めっちゃよかったっす」

だから俺も、その気遣いに甘えて、同じノリで応じた。

遼太郎《りょうたろう》さんは「やっぱり息子もいいかもなぁ」と、嬉しそうに笑いながら、アクセルを踏み込んだ。

――俺たちを乗せた車は、夜の闇を切り裂きながら、目的地へと向かっていく。

間章　現実でラブコメする人をだれに決める？

Who decided that I can't do romantic comedy in reality?

家まで送り届けてくれた遼太郎さんに再三お礼を言って別れ、俺は玄関の鍵《かぎ》を開ける。
家の中は既に真っ暗だった。明日も仕事だからか、両親はもう寝入っているようだ。
俺は足音を立てないように2階へ上がり、自室へ入る。

――かちゃん。

ドアを閉め、荷物を下ろし、そのままの格好でぼすんとベッドに横たわってから、俺は長々と息を吐いた。
色々と慣れないことが盛りだくさんだったせいで、体全体を疲労感が包んでいる。電気をつけようかとも思ったがなんとなく億劫《おっくう》で、月明かりが照らす部屋の中でぼんやりと過ごす。
俺は目を瞑《つむ》り、思考を巡らせる。

――〝真《シン》・計画《プロジェクト》〟は、みんなにとってのラブコメを作るためのものだ。

つまり、その中には……。
当然、自分《おれ》だって含まれている。

「――」

俺にとってのラブコメ――。

今までの〝計画〟じゃなくて〝真・計画〟の。
長坂耕平《ながさかこうへい》にとっての、ラブコメっていうのは。
いったい、なんなんだ？

そして――。

その〝メインヒロイン〟っていうのは。

――だれ、なんだ？

どすん、と。

自分の胸に、拳《こぶし》を叩《たた》きつける。

「……とにもかくにも、だ」

全ては〝真・計画〟の実現あってこそ。

どんな手段を使っても、どれだけ無理をしても、それは絶対に成功させなきゃいけないんだから。

「そうだな」

俺は目を開けて、ベッドから起き上がる。

部屋の電気をつけて、机の前に立って、卓上カレンダーを手に取った。

──〝イベント〟の実行時期は、秋。

県下最大にして、お祭り学校と呼ばれる所以《ゆえん》ともなった峡国西《きょうごくにし》高校学園祭──通称『白虎祭《びゃっこさい》』

全ての準備は、その時のために。

――用意する〝武器〟は、３つ。

一つ――相互関係情報を追加したフルバージョンの〝真・友達ノート〟。
一つ――ありとあらゆる情報を収集・管理・処理・照会・提示する〝アプリ〟。
一つ――各方面における戦いを任せられる〝協力者《なかま》〟。

――満たすべき条件は、４つ。

一つ――開発した〝アプリ〟を白虎《びゃっこ》祭《さい》運営に公式採用させること。
一つ――学年対抗企画における出し物を『ドキュメンタリー動画』に決めること。
一つ――敵対的阻止行動に対する多重対策を用意すること。

そして――。
最後の、一つ。

――上野原彩乃が、清里芽衣を上回ること。

「……清里《きよさと》さん」

俺は、彼女のことを想う。

屋上での彼女を、思い出す。

『もう、理想を追いかけるのは諦めて——〝普通〟の現実で、笑えるように頑張ろう？』

そう——。

そう、俺に告げた彼女の。

自分を抱くように片腕を掴《つか》んだ、その手は——。

小刻みに、震えていた。

……震えて、いたんだ。

「——俺は、絶対」

最後には、必ず——。

「メインヒロインを——攻略、してみせる」

そう、俺は。
俺《おれ》の、主人公としての矜持《きょうじ》にかけて。
固く、誓った。

（続　第六巻）

あとがき

最近発売された容器まで食べられる究極完全体信玄餅こと『桔梗信玄餅《ききょうしんげんもち》 極《きわみ》』が気になって仕方がない初鹿野です。どうもお久しぶりです。

ラブだめ第五巻、お待たせしました！　今巻はいよいよ〝ラスボス戦〟──の、前段階の準備フェーズです。その、ほら、だってさ、ラスボス戦の前には仲間の覚醒とか伝説の武器集めとかしなきゃいけないでしょ⁉（ラブコメとは？）

冗談はさておき、プロット時点でかなりのボリュームになることが予想され「納得のいくクオリティにするためには前後巻にするしかないね……」という結論に達し、やむなくこの構成とさせていただきました。

再びお待たせすることになってしまい、誠に申し訳ありません。その代わり、可及的速《かきゅうてき》やかに第六巻をお届けできるよう、絶死絶命の勢いでキーボードを叩《たた》き続けてるので、もう少しだけ時間をください。過去最短スピードで出すから！

そして、現実でラブコメの実現を目指す本シリーズ、次巻〝メインヒロイン〟の攻略をもって『シリーズ完結』となります。最後まで全力で頑張るので、変わらぬ推《お》しパワーで応援よろしくね！

続けて告知《ニュース》に販促《ダイマ》です！

本作が『このライトノベルがすごい！　２０２２』にて文庫部門12位にランクインいたしました！　トップ10まであとちょっと！　ご投票、本当にありがとうございました！

次に、『ラブだめコミカライズ版』の単行本第一巻、好評発売中です！　書き下ろしＳＳでは、耕平《こうへい》の幼馴染《おさななじみ》に対する拘《こだわ》りが暑苦しく語られておりますので、よろしければぜひ！

ちなみに漫画アプリ『マンガＵＰ！』（スクウェア・エニックス様）でも同作が連載開始しております。毎月木曜日更新だぞ！

また、昨年Twitterで実施した企画『#ラブだめ文化祭』の特典『1万文字超ロングＳＳ』ですが、これもちゃんと覚えてます！　本編書き終えたあと出します!!

内容的には本編後の〝アフターストーリー〟を考えてます。公開方法、時期など詳細はまた追ってお伝えしますが、可能な限り多くの方にお届けできるようにしたいと思ってますので、どうぞお楽しみに！

さらに、まだ告知できないマル秘情報もいくつかありますので、漏れをなくしたい方は著者Twitterアカウント（@hajikano_so）をお気軽にフォローくださいませ。

それではみなさま、最終巻で！

～普通の麦茶・甘い麦茶・超甘い麦茶を常備してる家は実在する→初鹿野家～

２０２２年3月　初鹿野創

コミカライズ
コミックス第2巻
『現実でラブコメできないとだれが決めた?』
Who decided that I can't do romantic comedy in reality?
[作画] カタケイ
5月25日発売予定!
(スクウェア・エニックス刊)
CHECK

COMICALIZE

データと調査でラブコメを創造せよ！

（スクウェア・エニックス刊）

月刊ビッグガンガンにて大好評連載中！

GAGAGA
ガガガ文庫

現実でラブコメできないとだれが決めた?5

初鹿野 創

発行　2022年3月23日　初版第1刷発行

発行人　鳥光 裕

編集人　星野博規

編集　大米 稔

発行所　株式会社小学館
〒101-8001 東京都千代田区一ツ橋2-3-1
[編集]03-3230-9343　[販売]03-5281-3556

カバー印刷　株式会社美松堂

印刷・製本　図書印刷株式会社

Printed in Japan　ISBN978-4-09-453055-1